내가 없던 어느 밤에

우리학교 소설 읽는 시간
내가 없던 어느 밤에

초판 1쇄 펴낸날 2025년 8월 29일
초판 5쇄 펴낸날 2025년 12월 26일

지은이 이꽃님
펴낸이 홍지연

편집 홍소연 김선아 이예은 차소영 조어진 서경민
디자인 이정화 박태연 정든해 이설
마케팅 강점원 원숙영 김신애 김가영 김동휘
경영지원 정상희 배지수
저작권 한지훈

펴낸곳 ㈜우리학교
출판등록 제313-2009-26호(2009년 1월 5일)
제조국 대한민국
주소 04029 서울시 마포구 동교로12안길 8
전화 02-6012-6094
팩스 02-6012-6092
홈페이지 www.woorischool.co.kr
이메일 woorischool@naver.com

ⓒ이꽃님, 2025
ISBN 979-11-6755-330-0 43810

• 책값은 뒤표지에 적혀 있습니다.
• 잘못된 책은 구입한 곳에서 바꾸어 드립니다.

내가 없던 어느 밤에

이꽃님 장편소설

일러두기
이 책에 등장하는 인물, 사건, 지역 등은 모두 허구로, 실제와는 무관합니다.

1

쉬이이—

이제 다 괜찮아졌어. 나쁜 사람은 잡혀갔으니까 아무 일도 없을 거야. 걱정 안 해도 돼. 다 잊어버리자. 아무 일도 없었던 거야, 알겠지? 울지 말고.

다 잊는 거야. 할 수 있지?

"가을아, 박가을!"

엄마 목소리다. 가을은 엄마의 목소리가 꿈속에서 들려오는 건지 아닌지 구분이 되지 않았다. 꿈속에서도, 현실에서도 가을은 미간을 찌푸리고 있었다.

"늦었다니까. 어서 일어나."

엄마가 이불을 걷어 올리고 어깨를 두드렸을 때, 가을은 누군가 어둠 속에서 갑자기 나타나 워! 하고 놀라게 하기라도 한 것처럼 깜짝 놀라 잠에서 깨어났다.

"괜찮아?"

놀란 가슴이 벌렁대는 통에 가을은 숨을 몰아쉬어야 했다. 요즘 들어 더 자주 그런 꿈을 꿨다. 시꺼먼 세상에 혼자 남겨진 채 무서워서 벌벌 떠는 꿈이었다.

"그냥 오늘 하루 쉬어. 일요일이잖아. 당장 수능 볼 것도 아닌데, 건강도 챙기면서 해야지. 이러다 정말 큰일 나면 어쩌려고 그래?"

"큰일은 무슨."

가을의 퉁명스런 대답에 엄마는 선뜻 입을 열지 못했다.

'용해, 용해. 용하다고 아주 소문이 났어. 자기도 알잖아. 아무것도 없는 사거리에 애기 동자 집에만 사람 드글드글한 거. 우리 집만 고3이야? 자기 딸도 이제 고3이잖아. 다른 집 엄마들은 백일기도 다닌다고 절이며 교회며 안 다니는 데가 없다는데, 자기는 굴러들어 온 용한 점집을 발로 차시게? 그저 원하는 대학 떡 붙여 주는 부적 하나 하자는 거지. 내가 미리 예약도 다 해 놨다니까.'

엄마는 딸이 공부에 욕심이 있다는 걸 알고 있었다. 잘하고 싶어 안달 내지만 그만큼 성적이 따라 주지 않는 날이면 딸은 좌절했다. 그래서 못 이기는 척 따라나선 무당집이었다. 정말로 부적 따위를 믿어서가 아니라 핑계를 만들어 주고 싶어서였다. 수능을 잘 보면 열심히 공부한 딸 덕분이고, 행여라도 원하는 성적이 나오지 않으면 무당의 망할 부적 때문이었던 거라고.

"이 집은 지금 수능 걱정할 때가 아닌데."

애기 동자는 가을 엄마를 보더니 이러쿵저러쿵 묻지도 않고 대번에 말했다.

"네?"

"딸내미 공부시킬 생각 말고 좋은 거 많이 먹이고 좋은 거 많이 보게 해 줘."

"아니 그게 무슨……."

영문을 몰라 말문이 막힌 엄마 앞에서 인상을 구기고 있던 무당이 갑자기 눈을 까뒤집더니 배시시 웃었다.

"엄마, 누나 옆에 누나 한 명이 더 보여. 누나가 두 명이네."

"그럴 리가요. 우리 집은 딸 하난데."

"누나 옆에 누나 하나가 붙었는데. 아무것도 몰랐구나? 계속 그렇게 두면 큰일 나. 굿해야 돼, 굿. 나는 분명 말해 줬다?"

어디서 돌팔이 같은 게 재수 없게 남의 딸을 볼모로 저따위 짓을 하냐고, 굿해서 돈 벌고 싶으면 다른 사람 찾으라고, 내가 호구로 보이더냐고 점집을 발칵 뒤집고 왔지만 사실 엄마는 무서웠다. 자꾸만 가위에 눌리는 딸을 보면서 그럴 리가 없다고 이를 악물고 외면해 보지만, 한번 생기기 시작한 섬뜩한 두려움은 조금씩 엄마의 마음을 갉아먹고 있었다.

"너 오늘 또 가위눌렸지? 그게 다 몸이 힘들어서 그런 거라고 몇 번을 말해. 누가 보면 너 엄청 공부 잘하는 줄 알아."

"못하니까 하는 거야. 못하니까 악착같이 하는 거라고. 그렇게 해도 남들 발끝도 못 따라가."

아무것도 모르면서. 가을은 괜히 신경질이 났다. 1월, 모두가 새해를 맞이하여 들떠 있을 때 누군가는 결국 찾아오고야 만 열아홉 고3 수험생이 되어야 했다.

다른 애들은 방학마다 서울에 특강을 들으러 다닌다는데, 족집게 과외를 구하느라 혈안이 되었다는데, 어찌 된 영문인지 엄마는 공부를 하겠다는 가을을 말리고 있으니.

"아유, 남들 따라 살려면 끝도 없어. 너는 그냥 너대로 살아. 엄만 그게 좋아."

나대로 살라고? 나대로 어떻게? 아등바등 죽자고 해도 먹고살기 힘든 세상이라는데 도대체 엄마는 뭐가 저렇게 태평한 건지 이해가 되지 않았다.

"안 깨워 주면 혼자 일어나지도 못하면서. 네 방에서 나는 알람 소리에 엄마 아빠에 오빠까지, 온 가족이 다 깨고 너만 안 일어났어. 알아? 그게 다 몸이 피곤해서 그런 거야. 공부도 쉬어 가면서 해야지."

"깰 때까지 그냥 둬. 자꾸 엄마가 먼저 와서 알람 끄니까 내가 혼자 못 일어나는 거잖아."

"얼씨구. 당장 알람 안 끄면 오빠가 네 휴대폰 부숴 버린대서 끈 거야."

"지가 뭔데 남의 폰을 부순다 만다야."

"오빠한테 또 그런다. 좀 냅둬."

이거 봐. 결국엔 또 오빠야. 가을은 부모님이 자신에게 관심을 덜 쏟는 이유가 뭐든 두 번째이기 때문이라고 생각했다. 가을이 뭘 하든, 뭘 해내든 그건 모두 오빠가 이미 해내고 난 뒤였다. 오빠가 한글을 뗐을 땐 기특한 일이었지만 가을이 한글을 뗐을 땐 당연히 해야 할 일이었다. 매번 두 번째로 밀려나는 것 같아 가을은 속이 상했다.

"오빠 제대한 지 얼마 안 됐어. 아침에 알람 소리 들리면 눈이 저절로 떠진대. 아홉 시까지 늦잠 푹 자 보는 게 소원이라잖아."

가을이 인상을 쓰자 엄마가 달래듯 말했다. 가을은 오빠 하원이 군대에 있을 땐 좀 짠하다 싶더니만, 제대하고 나서는 입대 전만 못하다 여겼다. 제대한 지 3개월도 넘었는데 돌아오는 새 학기에는 복학을 하긴 할 건지, 왜 종일 저러고 누워만 있는 건지. 가을은 그냥 오빠가 좀 집 밖으로 나가 줬으면 할 뿐이었다.

아닌 게 아니라 하원은 조금이라도 게으름을 피우지 않으면 어디 잡혀가기라도 한다는 듯 하루 종일 뒹굴대기만 했다. 미래에 대한 고민은 먼지만큼도 하지 않는 것처럼 보였다.

반면 가을은 매일이 불안했다. 누군가 자신의 손목을 잡아 삶에 내던져 버린 것만 같았다. 어딘지도 모를 곳에 덩그러니 놓여 있는 가을에게 사람들은 자 이제 목표를 향해 달려, 하고 신호를 주었다. 총소리가 울렸는데도 왜 달리지 않느냐고 다그치면서. 하지만 둥그런 원 안에서 어느 방향으로 달려야 목표 지점이 나오는지, 가을은 아무리 생각해도 알 수 없었다.

"얼른 씻고 밥 먹어."

화장실로 향하던 가을의 눈길이 반쯤 열려 있는 오빠 하원의 방문에 닿았다. 깼다더니 다시 누워 잔다 이거지? 동생이 일요일에도 학원에 나가는 이 판국에 처자겠다, 이거잖아.

어쩐지 가을은 오빠가 얄미워졌다. 세상 근심 걱정 하나 없다는 태도도, 어떻게든 되겠지 하는 마인드도, 태평하게 누워 자고 있는 꼬락서니와 제멋대로 뻗친 머리카락, 불결한 발가락까지. 모든 게 꼴불견이었다.

"군대까지 갔다 온 인간이 저렇게 하루 종일 처자고 싶을까."

가을은 일부러 들으라는 듯 큰 소리로 말했지만 돌아온 것은 무응답이었다. 가을은 부아가 치밀었다. 원래 반응이 없으면 더 화가 나는 법이다. 어우 꼴 보기 싫어.

"군대에서 말뚝이나 박을 것이지."

이번에도 반응이 없으면 다리털이라도 뽑아야겠다고 생각할 때쯤, 열린 방문 틈으로 하원의 길쭉한 손가락이 보였다. 섬세하게 꼿꼿이 세운 가운뎃손가락이.

"엄마! 오빠가 나한테 욕해."

"좋은 말로 할 때 닥쳐라."

"엄마! 오빠가 또 욕했어."

"아침부터 시끄럽게. 둘 다 그만 좀 해. 하루이틀도 아니고 왜들 못 잡아먹어서 안달이야."

쾅, 소리와 함께 방문이 닫히고 나서야 남매의 오전 전쟁이 끝났다. 엄마는 지긋지긋했고 아빠는 웃음 지었으며 가을은 못마땅했다.

"점심은 어떻게 할 거야?"

식탁에 앉기가 무섭게 엄마의 물음이 날아들었다.

"내가 알아서 할게."

가을이 퉁명스레 답하자 엄마와 아빠가 서로 눈을 마주치고는 한숨을 내쉬었다. 가을은 하나부터 열까지 애 취급하는 부모님이 피곤했고 그래서 '알아서 한다'는 말이 얼마나 엄마 아빠를 섭섭하게 만드는 말인지 알아차리지 못했다.

"갔다 올게."

"밥 한 술만 더 뜨고 가."
"아 늦었어."
"어휴, 저놈의 수능은 대체 언제 끝나."

엄마의 한숨 소리가 자신의 인생처럼 느껴져 가을은 힘이 빠졌다. 현관에서 신발을 신다 고개를 들었을 때, 거울 가득 자신의 얼굴이 보였다. 다크서클이 내려온 눈 밑과 생기 따위는 없는 흙빛 얼굴, 갈라진 입술까지. 가을은 자신이 자꾸만 메말라 가는 것 같았다. 늦가을, 살짝 밟기만 해도 힘없이 부서지는 낙엽처럼. 결국 겨울이 올 거라는 걸 알고 마지막을 기다리는 체념한 낙엽처럼 말이다.

가을은 운동화를 구겨 신고 현관문을 열었다. 그렇게, 현관문을 열고 나갈 때까지만 해도 그저 별다를 것 없는 아침이라 여겼다.

특별할 것 없는, 매일같이 반복되는 지치고 기진한 그런 날들. 하지만 그 고된 날들조차 평범한 일상이었음을, 간절히 그리워하게 될 하루였음을 깨닫기까지는 그리 오래 걸리지 않을 터였다.

2

"그래서 뭐?"

"뭐냐니? 야, 모균! 너는 내 말을 한 귀로 듣고 흘리는 게 아니라 아예 안 듣는 거야?"

심각한 표정의 가을과 달리 균은 대수롭지 않아 보였다. 피곤하다는 듯 그저 하품이나 늘어놓는 균이 가을은 못마땅했다.

"너 똑같은 꿈 연속으로 꿔 본 적 있어? 없지? 그렇다니까. 보통은 똑같은 꿈을 몇 번이나 안 꾼다고. 근데 나는 이상하게 계속 그 꿈만 꾼단 말이야."

"그래서, 꿈꾸면 뭐 문제 생기냐?"

"문제가 생긴다는 게 아니라…… 아 무섭잖아! 자꾸 나한테 뭘 잊어버리라고 하는데 그게 뭔지 모르겠단 말이야. 생각도 안 나는 걸 자꾸 잊어버리라잖아. 꼭 절대로 잊지 말라는 것처럼."

"너 누구한테 원한 샀냐?"

"뭐?"

"막 누구 괴롭히고 삥 뜯고 그런 건 아니지?"

"장난해?"

하긴 그럴 리가 없긴 하지. 얼굴을 구기는 가을을 보며 균이 혼잣말을 중얼거렸다. 균과 가을은 서로에 대해 많은 것을 알고 있는 몇 안 되는 친구였다. 알고 싶지 않아도 이 좁아터진 동네에서 평생을 살다 보면 모르는 게 더 힘들었다.

"장난하는 거 아니야. 나 진짜 목구멍에 밥이 안 넘어간단 말이야."

"당연히 그렇겠지. 밥이 아니라 라면을 넣고 있으니까."

"그러니까. 라면 말고 내가 먹을 만한 걸 좀 팔면 안 될까?"

가을이 컵라면을 휘젓다 한 입 후루룩 먹으며 물었고, 그런 가을을 균이 어이없다는 듯 쳐다보았다.

"보통은 알바한테 다른 것 좀 팔라고 진상 짓 하는 대신 다른 걸 먹지 않냐? 김밥이나 샌드위치, 뭐 죽도 있고."

"안 돼. 김밥은 저녁에 먹어야 하고 샌드위치는 간식으로 먹을 거란 말이야. 그리고 나 죽 안 좋아해."

"그러니까. 이렇게 저녁에다 간식까지 잘 챙겨 먹는데 왜 가위에 눌리지? 보통은 기가 약하거나 몸이 허해야 그런 거 눌리지 않냐? 너는 좀 심각하게 건강해 보이는데."

"닥쳐라."

"무서운 걸 보지 마. 너 뭐, 맨날 미스터리 이딴 걸 보니까 그런 꿈을 꾸는 거 아냐."

"언제 적 얘기를 하고 앉았어? 그거 중딩 때 끊었어. 그리고 나 어제 자기 직전까지 영어 모의고사 문제 풀었거든?"

"그 봐. 섬뜩한 거 보다 자니까 악몽을 꾸지."

"너는 영어 문제가 섬뜩해?"

"어. 졸라."

균이 물건을 정리하며 무심하게 답했다.

"어휴. 너도 진짜 답 없다. 세상 불공평해. 저렇게 대책 없이 살아도 부모님이 건물주면 어? 딱, 어? 이 편의점도 너 물려주신대지? 그래서 여기서 알바하는 거지? 넌 세상만사 걱정도 없지?"

가을이 본격적으로 수험생의 삶을 살고 있는 것과 달리, 균은 일찌감치 삶의 계획표를 바꿔 놓았다. 공부가 균의 적성에 맞지 않는다는 걸 부모님 역시 동감하고 있었기에, 고3을 앞둔 겨울 방학에도 균은 학원 대신 부모님의 편의점에서 아르바이트를 했다.

"헛소리할 거면 가라."

"재수 없어. 누군 죽어라 공부해도 뭐 먹고살지 막막하고 누군 팽팽 놀아도 앞길이 창창하고."

가을은 균이 자신을 아는 것만큼이나 자신도 균을 알고 있다고 여겼다. 사실은 균이 속마음을 털어놓은 적이 없다는 걸, 그래서 균의 마음이 곪아 터지고 있다는 걸 알아차리지 못했다.

'잘하지도 못하는 공부한다고 쓸데없이 돈 쓸 생각하지 말고 일찌감치 돈 벌어. 네 앞길은 네가 챙겨.'

엄마는 왜 항상 자신과 거리를 두려고 하는지, 따뜻하게 안아 주지도, 다정하게 눈 맞춰 주지도 않는지 균은 알지 못했다. 알지 못했기 때문에 어린 시절 균은 자기 자신을 미워했다. 아이들은 부모를 미워하는 법을 몰라서, 부모 대신 자신을 탓하곤 하니까.

균은 다른 사람들에게 그런 마음을 털어놓을 수가 없었다. 속마음을 말해 버리면 자신이 사랑받을 만한 아이가 아니라는 걸 들킬 것만 같았다. 이번에도 균은 마음을 털어놓는 대신 입을 다물기로 했다.

"문유경은?"

"유경이 뭐."

유경의 이름에 가을은 최대한 아무렇지 않은 척 굴었다. 라면을 한 젓가락 가득 밀어 넣어 볼을 부풀리면서 섭섭한 표정을 숨겼다.

"네 개소리 듣는 건 문유경 역할인데 너 요즘 계속 나한테 지껄이잖아. 너희 싸웠냐?"

"싸우긴 뭘 싸워. 유경이 서울에 학원 갔잖아. 방학 내내 특강이래."

"무슨 학원을 서울까지 가냐?"

"균아, 네가 공부 잘하는 애들의 삶을 아니? 유경이만 가는 거 아니야. 방학마다 서울에 유명 쌤들 특강 듣는다고 올라가는 애들 줄줄이야. 무슨 호텔에 묵으면서 기숙 학원처럼 생활한대. 눈뜨면 공부하고 밥 먹고 공부하고."

"그래서 서울 쌤들은 수능에 뭐 나올지 다 안대냐?"

"낸들 알아? 연락이 안 되는데."

자신도 모르게 볼멘소리를 낸 가을은 괜히 심술이 나서 젓가락을 컵라면에 내다 꽂듯 던져 넣었다. 제일 친한 친구라고 생각했는데, 유경이와는 할머니가 되어서도 친구일 줄 알았는데……

언젠가부터 가을은 유경이 조금씩 자신과 거리를 두고 있음을 느꼈다. 기분 탓이겠지, 반이 달라져서 그런 거겠지, 스스로를 달랬지만 유경은 예전처럼 가을과 붙어 있고 싶어 하지 않는 것 같았다. 자신에게 하지 않은 이야기를 다른 친구에게는 털어놓았고, 가을보다 다른 친구와 먼저 약속을 잡았다.

그렇게 아주 서서히 둘은 멀어지는 중이었다. 그래서 유경이 겨울 방학을 맞아 서울로 훌쩍 떠났을 때, 가을은 유경이 마치 언제든 떠날 준비를 하고 있었던 것처럼 느껴졌다.

"이야, 문유경 드디어 너랑 연락 끊었냐?"

"아니거든? 거기 들어가면 휴대폰 압수래. 연락 안 돼."

"아주 감옥 생활이 따로 없네. 왜, 머리는 안 깎는대냐?"

장난스런 균의 물음에도 가을은 심란할 뿐이었다. 모두가 제 몫을 해내고, 자신의 삶을 향해 뚜벅뚜벅 걸어가는 것만 같아 두려웠다. 그렇게 모두가 떠난 자리에 혼자만 남아 있을 것 같았다.

"유경이는 좋은 대학 갈 거야. 공부 욕심도 있고 부모님도 밀어주시니까. 결국엔 뭘 하든 성공하겠지."

"너 표정이 왜 그러냐? 뭐, 문유경 서울 간 게 부럽냐? 그럼 너도 가."

"네가 서민의 삶을 뭘 알겠니. 그 학원 가는 데 돈이 얼만데. 좋겠다, 넌 금수저여서."

"학원 안 늦었냐?"

"점심시간이라서 괜찮아. 나 친구 없단 말이야. 점심시간 꽉 채울 때까지 여기 있다가 갈 거야."

친구가 없다는 말은 반은 거짓이고 반은 진실이었다. 예전보다 어울리는 아이들의 수가 현저히 줄기는 했지만 그렇다고 해서 말할 친구조차 없다는 뜻은 아니었다. 다만 가을이 속마음을 터놓을 만한 친구가 없다는 건 사실이었다. 안녕, 인사를 하는 사람이 모두 친구가 아니듯. 이름을 알고 얼굴을 안다고 해서 다 친구인 것은 아니듯.

"균아. 이 건물 얼마야?"

"쓸데없는 소리 하지 말고 가."

"이게 몇 층이지. 위에 학원까지니까 5층인가. 그럼 몇십억 해?"

"개소리하지 말고 좀 가라고."

"넌 미래 걱정이 하나도 없지? 좋겠다 진짜."

균은 가을의 말에 대꾸하기도 귀찮다는 듯 창고에 들어가더니 커다란 박스를 몇 번이나 들고 나왔다. 박스 안에는 잘 접힌 상자가 겹겹이 쌓여 있었다. 무슨 박스가 저렇게 많아? 분리수거를 하려나, 싶었을 때 유리 너머 다가오는 실루엣을 본 균이 온장고 안에서 따뜻한 두유 하나를 꺼내 들고는 편의점 문을 활짝 열었다.

"할머니."

편의점 입구에 오래된 리어카 하나가 멈춰 섰다. 귀까지 덮는 누빔 모자에 목도리까지 꽁꽁 싸맸는데도 할머니에게 추위는 조금도 가시지 않은 듯 보였다. 균은 할머니에게 얼른 따뜻한 두유를 내밀었다.

"안 먹는다. 너는 뭐, 땅 파서 장사해? 늬 엄마 알면 난리 나."

"드세요. 어차피 못 파는 거예요."

"못 팔아? 왜 못 팔아. 멀쩡한데."

"아무튼 못 팔아요. 그냥 드세요."

균은 마다하는 할머니의 손에 뚜껑까지 따서 기어이 두유를 쥐여 주고는 박스를 리어카에 차곡차곡 쌓아 올렸다. 가을도 리어카 할머니를 알고 있었다. 이 동네에서 초등학교를 다닌 아이들 중 리어카 할머니를 모르는 아이는 없을 거다. 할머니의 바지춤에는 검정 비닐봉지가 있었는데, 그 안에는 늘 온갖 사탕이 들어 있었다. 모르는 사람이 주는 건 절대 먹지 말라고 해도 동네 아이들은 모두 할머니의 사탕을 받아먹었다. 가을이 어렸을 때는 할머니의 봉지가 마술 봉지라는 소문도 돌았다. 영원히 사탕이 마르지 않는 마술 봉지라고.

열린 문 사이로 할머니를 알아본 가을이 고개를 까닥이며 인사를 하자, 할머니 얼굴의 주름이 꿈틀대며 환한 미소로 자리 잡았다.

"아이구, 꼬맹이가 아가씨가 다 됐네."

할머니는 아이들을 볼 때마다 다 자랐다며, 언제 그렇게 컸느냐고 물었다. 그게 혼잣말인지 정말 궁금해서 묻는 건지 알 수는 없었지만.

"힘들지?"

두유를 든 할머니가 목장갑을 벗었다. 성한 곳 하나 없는 손이었다. 시꺼먼 손톱은 여기저기 깨져 있었고 손바닥은 딱딱하게 굳어 있었다. 사람의 손이라기보다 오래된 나무의 뿌리 같았다. 가을은 보송한 자신의 손을 내려다보며 꾸물댔다. 할머니의 손을 보니 힘들다고 말할 수가 없었다.

"괜찮아요."

"힘들지, 왜 안 힘들어. 쪼그만 애가 이렇게 훌쩍 컸는데 왜 안 힘들어. 크느라 힘들지. 그래도 용하다. 이렇게 큰 게 용해. 할머니가 사탕 주랴?"

"네? 아…… 괜찮은데."

초등학생만 한 키에 등까지 굽어 더 작아 보이는 할머니에게, 머리 하나는 더 큰 가을이 사탕을 받아도 되는 걸까.

"할머니, 왜 쟤만 사탕 주려고 그래요. 나는? 나는 할머니 두유도 챙겨 줬는데. 안 먹겠다는 애 말고 나 줘요. 알바하느라 당 떨어져서 죽겠어요."

"시꺼멓게 다 큰 놈이 무슨 사탕이야?"

"다 커도 사탕은 먹어요. 사탕에 나이 제한 있어요? 사탕을 주셔야 저도 박스 쌓을 맛이 나죠."

"그래, 오냐. 너 많이 먹어라."

할머니의 허리춤에서 얼마나 오래됐는지 가늠하기도 어려울 만큼 해진 까만 비닐 봉투가 나왔다. 할머니는 한 손 가득 사탕을 쥐어 균의 손에 건넸다. 히죽 웃느라 드러난 할머니의 입안은 성한 이가 몇 개 없어 시꺼메 보였다.

"앗싸. 저 이거 다 먹을 거예요. 돌려 달라고 하기 없어요."

"그래 윤석아. 너 많이 먹고 부자 돼라."

"오늘 날 추워요. 그만 돌아다니시고 집에 들어가세요. 어차피 이 동네 박스는 다 할머니 거잖아요. 다른 사람들이 박스 가져가는지 제가 아주 눈에 불을 켜고 보고 있으니까, 걱정 말고 들어가세요."

할머니는 오랜만에 함박웃음을 지었고 균이 단단히 묶어둔 박스를 한 아름 싣고서 다시 거북이처럼 느릿느릿, 한 걸음도 쉬지 않고 꾸준히 나아갔다. 그 뒷모습을 오래 쳐다보던 가을은 가슴이 시큰했다.

어째서 삶은 저렇게 부지런히 살아가는 사람을 계속 힘들게 두는 걸까. 저따위가 삶이라면 너무 불공평한 거 아닌가.

"할머니한테 박스 드리는 건 언제부터 했어?"

"1년 됐나."

"너, 뭐. 착해?"

가을의 퉁명스런 물음에 균은 들은 척도 하지 않고 편의점 문을 닫았다. 가을이 긴 한숨을 내쉬었다.

"너 안 착해. 너 진짜 싸가지 없어. 알지?"

"뭐래."

"착하게 살지 마. 착한 사람 치고 잘사는 사람 없어. 리어카 할머니도 봐. 우리 어릴 때 맨날 예쁘다고 사탕 주고, 어쩔 땐 우리한테 간식 주려고 리어카 끄는 것 같았단 말이야. 근데 이것 봐. 할머니는 아직도 이 추위에 리어카를 끌잖아. 아직도 사탕 주려고 그러고……."
"우리가 손주 같으시대잖아."
"그러니까. 할머니 손주들은 왜 코빼기도 안 보이는데. 할머니는 왜 맨날 혼자인데."
"라면 유통 기한 지났냐? 왜 멀쩡한 음식 먹고 진상 짓이야. 빨리 먹고 가, 좀."
"짜증 나, 진짜. 이 쬐그만 편의점에서 박스는 뭐가 저렇게 많이 나오는데!"
"장난하냐? 저 많은 게 우리 편의점에서 다 나왔겠냐. 여기 숯불고기 골목 싹 돌았어."
"할머니 드리려고 박스 모으고 다녀? 네가?"
"그럼 어쩌냐. 고작 상자 나부랭이 가지고 치사하게 구는데."
이 동네 박스는 원래 다 할머니의 몫이었다. 상가 어른들도 할머니가 입에 풀칠은 할 수 있게 해 줘야 한다며 박스를 한곳에 모아 두었다가 할머니가 오면 내주곤 했다. 당연한 듯 상자를 모아 할머니에게 주던 상인들이 인색해진 건, 동네 상권을 책임지던 오래된 놀이동산인 판타지아가 문을 닫고 나서부터었다.

 이웃 동네에서 파란 트럭을 몰고 오는 아저씨는, 상자를 모아 내놓기만 하면 알아서 정리해 가져가는 건 물론이고 주변 청소까지 싹 해 주고 간다고 했다. 상자를 싣느라 리어카로 가게 앞을 다 막던 할머니와 달리, 트럭 아저씨는 아주 빠르고 깨끗하게 상가 앞 비질까지 하고 간다면서. 균은 트럭 아저씨가 상가 사람들에게 박카스나 비타500 같은 걸 돌리는 장면을 보고는 얼굴을 찌푸렸다. 언제는 할머니 먹고살게는 해 줘야 한다더니, 고작 가게 앞 비질과 비타500에 정을 떼는 사람들에게 얼굴을 찌푸리고 또 찌푸렸다.
 "박스 그냥 던져 놓으면 제가 가서 정리하고 빗자루질도 할게요. 박스 저 주세요."
 "왜? 균이 너희 엄마가 이제 박스 팔아 건물 짓는대든? 너더러 그런 거까지 하래? 솔직히 말해 봐라, 너 주워 왔대지? 세상에 어느 엄마가 아들한테 그런 거까지 시켜. 하여간 악착같다니까."
 "아니요. 리어카 할머니 드리려고요."
 "뭐?"
 "할머니도 살아야죠. 트럭 몰고 온 아저씨가 이 동네 상자까지 다 가져가면 할머니는 뭐 먹고살아요?"
 균이 그렇게 말했을 때, 상가 사람들은 모두 하나같이 입을 다물었다. 흐음, 헛기침을 하거나 빨개진 얼굴로 딴청을 부렸다. 부끄러움을 표현할 방법이 그뿐이었으므로.

그날 이후로 균은 정말 하루도 빠지지 않고 상가 골목을 돌며 비질을 했다. 균이 비질을 하고 있으면 사람들은 슬그머니 상자를 내놓았다.

그 사실을 처음 알게 된 가을은, 어린애처럼 세상만사 고민 없이 사는 줄 알았던 균이 사실은 제일 먼저 어른이 된 것 같다고 생각했다.

가을은 턱을 괴고 창밖을 바라보았다. 가을의 시야로 이제 더는 돌아가지 않는 커다란 관람차가 들어왔다. 가을이 자란 동네는 어린아이들에게는 꿈만 같은 동네였다. 놀이동산이 있는 유원지에서 자라는 아이들은 드무니까. 가을의 어린 시절은 까르르 웃음소리가 끊이지 않는, 반짝이는 토요일 오후 같은 날들로 가득 차 있었다.

"균아. 판타지아 언제 다시 문 연대?"

"모르지."

이 골목에서 점심을 먹으려면 한참 줄을 서야 할 만큼 사람이 바글바글하던 때도 있었다. 유명한 호수를 품은 판타지아는 제법 큰 놀이동산이었다. 덕분에 동네에는 자연스레 상권이 형성되었고, 많은 사람들의 생계를 책임졌다. 동네 사람들 대부분은 관광객을 상대로 음식이나 기념품을 팔거나, 판타지아의 직원으로 일했다.

　사람들이 눈에 띄게 줄기 시작한 건 가을이 중학교에 입학할 무렵부터였다. 그즈음 어른들의 한숨이 점차 깊어지더니 3년 전 놀이동산이 문을 닫아 버리면서 사람들의 발길이 뚝 끊겼다.

　"하, 수능 끝나면 판타지아에서 알바하면서 꿀 빨려고 했는데 왜 닫냐고."

　"왜겠냐. 꿀 빠는 알바들 때문이지."

　"무슨 말이야?"

　"알바가 꿀을 빤다는 게 무슨 말이겠냐? 문을 열면 열수록 적자가 쌓인다는 거지. 저긴 문 닫는 게 이득이야."

　균의 말대로 판타지아에 적자가 쌓이기 시작한 건 이미 오래전부터였다. 판타지아가 문을 닫는다는 건 동네 상권이 완전히 죽는다는 것을 의미했다. 하지만 판타지아를 찾는 사람들이 줄어들기 시작했을 때, 어른들은 무슨 수를 써야 하는 게 아니냐고 하면서도 별다른 행동을 하지 않았다. 손님이 찾아오지 않는 걸, 무슨 방법이 있겠냐고 하면서. 앞길이 막막해지고 있는데도 할 수 있는 일을 찾아보는 대신 혀만 끌끌 차면서. 모두가 제자리에서 그저 가만히 지켜보기만 했다.

　놀이공원이 무기한 휴업에 들어갔을 때도 마찬가지였다. 판타지아가 다시 문을 열지 않는다면 동네가 결국 판타지아와 함께 문을 닫게 되리라는 걸 모두가 알았지만 사람들은 이번에도 별다른 방법이 없다고 했다. 그렇게 조금씩 물속으로 꼬르륵 가라앉아 가고 있을 뿐이었다.

"판타지아 문 닫았어도 여긴 장사 좀 되지?"

"될 리가 있겠냐."

균이 마치 남의 일을 이야기하듯 무심하게 답했다.

에휴. 다시 한숨을 쉰 가을의 시선이 길 잃은 아이처럼 정처 없이 떠돌았다. 환상 같던 놀이동산이 정말로 환상처럼 사라져 버린 것 같았다.

"학원 가서 공부나 해."

"남이사 공부를 하든 말든."

"그럼 여기 계속 있게?"

"설마 너 지금 내가 너네 편의점에 오래 앉아 있었다고 눈치 주는 거야?"

"알아들었으면 다행이고."

"어유 드럽고 치사해서 진짜. 간다, 가!"

"멀리 안 나간다. 조심히 가라."

균은 편의점 밖으로 성큼 걸어 나가는 가을을 붙잡는 대신 한 번 더 비꼬았고, 가을은 그런 균을 향해 눈을 부라렸다. 싸가지 없는 자식. 저것도 친구라고. 아오, 진짜.

궁시렁대며 밖으로 나온 가을은 고개를 들어 관람차를 멍

하니 바라보았다. 관람차가 돌아가고 사람들이 깔깔대며 웃던, 언제나 봄날 같기만 하던 날들이 다시 돌아올 수 있을까. 그땐 아무 걱정 없이 살았던 것 같은데. 가을은 한숨을 내쉬며 고개를 숙였다. 발끝으로 팬스레 바닥을 휘젓고 있는데 어디선가 목소리가 들려왔다.

"가을아."

어? 뒤를 돌았을 때 아무도 보이지 않았다. 잘못 들었나? 고개를 돌려 주변을 살피던 가을이 다시 한 걸음 내딛으려 할 때, 이번에는 훨씬 더 분명하게 소리가 들렸다.

"박가을!"

누구야. 어디 있어?

가을은 걸음을 멈추고 소리를 향해 뒤돌았다. 그 몇 초도 되지 않을 짧은 순간이 인생을 뒤흔들고 세상을 뒤집으리라는 걸 꿈에도 알지 못한 채로.

부아앙, 쾅.

콰아아앙.

태어나 한 번도 들어 본 적 없는 굉음이 가을의 귓가를 스쳤을 때, 이윽고 뿌연 먼지가 사방을 뒤덮고 충격에 튀어나온 파편들이 가을의 몸을 날카롭게 스쳐 갔을 때, 가을의 세상은 아주 잠시 동안 멈추었다. 짙은 회색 연기와 뒤엉켜 형체를 알아볼 수 없는 자동차, 매캐한 냄새와 알 수 없는 허무로 가득 차

있던 그 순간 그대로.

그때 가을은 꿈속에서 듣던 목소리를 떠올렸다.

쉬이이—

이제 다 괜찮아졌어. 나쁜 사람은 잡혀갔으니까 아무 일도 없을 거야. 걱정 안 해도 돼. 다 잊어버리자. 아무 일도 없었던 거야, 알겠지? 울지 말고.

다 잊는 거야. 할 수 있지?

3

 도대체 왜, 멀쩡하던 자동차가 내리막길로 돌진해 편의점 벽을 부수었는지 누구도 제대로 답하지 못했다. 차량 결함으로 인한 급발진, 운전자의 병력, 음주 여부까지 모든 것을 염두에 두고 조사 중이라고 했다. 차에 타고 있던 운전자는 사고 후 의식을 잃었고 블랙박스 영상만이 유일한 증거였다. 서행 중이던 차는 마치 누군가에게 엉덩이를 걷어차이기라도 한 것처럼 한순간에 튕겨 나갔다.
 "아, 진짜래도. 애기 동자가 가을이 엄마 얼굴을 이렇게 빤히 보더니, 애 공부시키지 말고 좋은 거나 먹이라고 그랬다니까."
 "그게 무슨 말이야? 공부를 왜 안 시켜."
 "아이그, 참. 자기네들은 몰라도 너무 모른다 정말. 무당이 그렇게 말하는 게 무슨 뜻인지 몰라? 그저 죽는다는 말이잖아. 살날 얼마 안 남았으니까 남은 생에 좋은 거나 보라는 거지."

"맞아. 그날 애기 동자가 가을이한테 여자애 하나가 붙었니 어쨌니, 이상한 소릴 해 가지고 가을 엄마가 점집을 아주 뒤집어 놨잖아. 눈이 돌았던데 뭘."

"아유 나 같아도 눈이 돌아, 나 같아도. 세상에 지 새끼 죽는다는데 눈 안 도는 엄마가 어디 있어?"

"정말 뉴스 보는데 소름이 끼쳐 가지고. 하여간에 애기 동자 용한 거는 알아줘야 한다니까."

남 이야기를 하기 좋아하는 사람들은 어디에나 있었다. 그중 몇은 진심으로 걱정을 했고, 다른 몇은 안 좋은 일이 일어난 이들과 자신을 비교하며 내가 낫지, 하고 위안을 삼았다. 제 자식 일이 아니라 다행이라며 안도하는 사람들과 제 자식 일처럼 아파하는 사람들의 목소리가 오고 갔다.

"아니지. 애기 동자가 용한 게 아니라 틀린 거 아닌가. 가을이는 멀쩡하다던데."

"가을이 멀쩡한 거야 하늘이 도운 거고. 딱 사고 직전에 멈추더만."

뉴스를 본 사람들은 가을이 사고를 면한 건 하늘이 도운 거라며 입을 모았다. 그때 뒤돌아서지 않았다면, 그 한 걸음을 내딛지 않았다면 가을은 차에 치였을 거라고. 천둥이 내리치

듯 튀어나온 차를 무슨 수로 피했겠느냐고.

"가을아. 정말 괜찮아?"
"······어?"
가족들의 눈에 가을은 여전히 사고 당시에 멈춰 있는 것만 같았다. 혼이 빠진 듯 멍한 눈으로 무슨 일이 일어난 건지 모르겠다는 얼굴을 하고 있는 가을이 안쓰러웠다. 손톱에 난 거스러미 하나만 떼어 내도 아프다고 엄살을 부리던 애가 파편에 부딪혀 멍 든 다리를 보고도 아프다는 말 한마디를 하지 않으니 그럴 수밖에.
"엄마가 괜찮냐고 묻잖아."
오빠 하원의 물음에 가을은 천천히 고개를 끄덕였다.
"응. 괜찮아."
"그냥 무조건 괜찮다고 하지 말고 생각을 좀 하고 말해, 생각을. 진짜 괜찮은 거 맞아?"
괜찮지도 않으면서 괜찮다고 하는 가을에게 하원은 불쑥 화가 솟았다. 놀랐다고, 무서웠다고 징징대기라도 하던가 도대체 뭐가 괜찮다는 거야, 뭐가.
"······모르겠어."
"왜, 어디 아파? 어디가 아픈데. 아빠한테 말해 봐."
전화를 받고 병원에 가는 내내 아내와 아들 앞에서 괜찮을 거라고, 별일 없을 거라고 다독이던 아빠였지만 속은 그렇지 않았다. 병원에서 딸을 마주했을 때, 사고 현장에 있던 딸이 크게 다치지 않았다는 사실을 알고 아빠는 하늘에 대고 몇 번이나 고맙다고 절을 했는지 몰랐다.

가을의 아빠는 자식이 아프면 자신이 뭔가를 잘못해서라며 스스로를 탓했고, 자식이 무언가를 해내면 해 준 것도 없는데 잘 자라 주었다며 자식에게 공을 돌리는 사람이었다. 제 머리에 흰머리가 얼마나 많이 나기 시작했는지, 얼굴에 주름이 얼마나 늘었는지 따위는 관심도 없이, 그저 아이들의 하루가 평안했는지 그것만 걱정하는 사람이었다.

"모르겠어 아빠. 나…… 괜찮은 건가?"

저 눈을, 저런 표정을 언젠가 본 적이 있다. 그때도 가을은 꼭 지금과 같은 얼굴로 물었다. 정말로 이게 괜찮은 거냐고.

아무것도 모르겠다는 듯한 표정을 짓는 가을을 보며, 아빠는 어쩐지 가슴 한켠이 서늘해지는 것 같았다. 그건 말로는 쉽사리 표현할 수 없는 경고였으며, 부모만이 느낄 수 있는 섬뜩한 예감이었다.

"많이 놀라서 그래. 의사 선생님도 별 이상 없다고 하셨으니 푹 쉬면 좋아질 거야."

아빠는 표정을 숨기려 애써 웃었다. 그래야 딸이 놀라지 않을 테니까. 걱정하지 말라고, 다 좋아질 거라고 말하면서 아빠는 두 다리에 힘을 주었다. 자식 앞에서 휘청이지 않으려고, 온 힘을 다해서.

"옆집 아줌마가 너 조상이 도왔다고 그러더라. 이게 다 엄마가 한 해도 안 쉬고 조상님들한테 꼬박꼬박 제사상 차려서 그런 거 아니야. 나는 그걸 왜 하고 앉았나 했는데 그게 아니더라고. 조상님 덕을 한 번은 보네. 나도 내년부터는 제사 때 콩나물 대가리라도 떼려고."

하원이 장난스레 말하자 엄마가 하원을 흘겨보며 말했다.

"으이그. 너는 동생이 큰일 날 뻔했는데 그 앞에서도 깐죽대고 싶어? 오빠가 돼서 걱정도 안 돼?"

"왜 걱정이 안 돼. 나 지금 엄청 걱정하고 있잖아."

"말을 말아야지 말을. 가을이 괜찮으니까 당신도 걱정하지 말고 다시 회사 나가 봐요. 하원이 너도 가을이 좀 쉬게 나가. 가서 밥이라도 먹고 오든가."

엄마가 하원의 옷깃을 잡아끌었을 때, 가을이 혼잣말을 하듯 나지막이 중얼거렸다.

"누가…… 날 불렀어."

"응?"

"사고 나기 전에. 누가 내 이름을 몇 번이나 불렀어."

"누가 널 불러?"

모르겠어, 누군지. 가을은 대답하는 대신 고개를 돌려 창밖을 바라보았다. 밖에 누군가 기다리고 있기라도 한 듯이 가만히. 그 목소리는 누구였을까.

"조상님이네. 조상님이야."

"하원아, 좀."

"엄마. 누가 불렀는지 뭘 궁금해하고 앉았어. 내일모레면 온 동네 사람들 다 알 텐데. 부른 사람이 지 손 들고 나서서 내가 불렀다, 할 거 뻔하잖아. 이 코딱지만 한 동네에 생색내기 좋아하는 사람만 수십이야."

하원의 말처럼 소문은 빠르게 퍼져 나갔다. 누가 그 집 딸을 불렀대. 글쎄 누가 불렀는지는 모르겠고. 누가 됐든 차가 이상하다는 걸 알고 부른 거 아니겠어? 그랬겠지. 그러니 다급하게 불렀겠지. 그 소리 듣고 딸내미가 뒤돌아섰다잖아. 안 그랬으면 솔직한 말로 그 집 딸내미 벌써 천당 갔어. 생명의 은인이지, 은인이야.

사람들은 누가 사고 현장을 목격한 건지 궁금해했지만 어찌 된 영문인지 이름을 불렀다는 사람은 나타나지 않았다. 그렇게 소문으로만 떠돌던 목소리는 사람들의 입을 타고 온 동네를 돌아, 퇴원 후 집으로 돌아온 가을에게 다시 찾아왔다.

"가을아."

가을은 어둠 속에서 몸을 일으켰다. 새벽 두 시 사십 분. 시간을 확인한 가을은 누가 자신의 이름을 불렀는지, 누가 자신을 깨웠는지 알 길이 없었다. 너무도 늦은 시간이었고, 모두가 잠들어 있었으며, 주변에는 아무도 없었다. 섬뜩한 기운이 몸을 훑고 지나가자 가을은 이불을 끌어 머리끝까지 덮었다.

잘못 들은 거야.

다시 눈을 감고 잠을 청하는 가을의 귓가로 아주 작고 여린 웃음소리가 날아들었다.

아니야. 잘못 들었어. 아무 소리도 안 났어.

밤새 같은 꿈을 몇 번이나 꾸고 또 꾸면서도, 도대체 뭐가 잘못된 건지 가을은 알 수 없었다.

4

"전화하라니까. 엄마가 데리러 간다고 했잖아."
유경이 현관에 들어서기가 무섭게 엄마가 달려 나오며 말했다. 유경은 욕심이 많은 아이였다. 좋은 성적을 위해 머리를 싸매는 것도, 방학 동안 서울에 있는 학원에 다니겠다고 한 것도 모두 제 욕심을 채우기 위해서였다. 누군가 하루 네 시간씩 자면서 공부하는 게 힘들지 않냐고 물으면, 유경은 가시를 세우고 힘든지 안 힘든지 직접 해 보라고 대답했다. 당연히 힘들지, 그 뻔한 걸 왜 묻느냐는 말과 함께.
토요일 저녁 여덟 시. 서울에 있어야 할 시간이지만, 유경은 학원 선생님에게 부탁해 외박을 허락받았다. 집으로 돌아와 하룻밤을 자고 일요일 오후가 되면 다시 서울로 올라가야 하는 벅찬 스케줄이지만 유경은 그 하루라도 견디기 위해 내려왔다. 학원에서 연계해 준 호텔에서는 깊게 잠들지 못했다. 잠은 휴식이 아니라 고문 같았고, 잠에서 깨어나면 개운함 대신 찌를 듯한 두통이 찾아왔다. 유경은 단 하루라도 푹 자고 싶었다.

"갑자기 내려온대서 엄마가 얼마나 놀랐는지 알아? 왜, 어디 안 좋아?"

"그냥 좀 쉬려고."

"아휴 난 또, 가을이 얘기 듣고 내려온 줄 알고 걱정했네. 그래. 호텔이 아무리 좋아도 집이 최고지. 집만큼 편하게 못 쉬어."

"가을이가 왜?"

"왜는, 가을이 얘기 못 들었어?"

유경은 엄마의 호들갑 섞인 말에 무어라 대꾸할 힘도 없을 만큼 지쳐 있었다. 유경은 하루도 공부를 쉬어 본 적이 없었다. 공부는 마치 자신을 옥죄는 사슬 같았다. 어느 순간부터 공부할 생각을 하는 것만으로도 목이 죄어 온다는 느낌을 받았지만, 멈출 수는 없었다.

"나 폰 못 쓰는 거 알잖아."

"아 그랬지. 그럼 모르겠네. 얼마 전에 균이네 편의점 앞에서 난리가 났거든. 벌써 한 일주일 됐어."

"무슨 난리?"

"아유, 말도 마. 웬 차가 갑자기 인도 위로 돌진하는 바람에 편의점 절반이 날아갔어."

"뭐?"

"차가 무슨 총알 튀어나오듯이 달려왔다는 거야."

"균이는 괜찮대?"

"천만다행이지. 균이는 안쪽 계산대에 있어서 별일은 없었나 보더라고. 근데 하필 그때 가을이가 편의점 앞에 있었다잖아."

엄마의 말에 놀란 유경이 눈을 동그랗게 뜨고 되물었다.

"가을이 다쳤어?"

"다친 건 아니고 그냥 좀 놀랐다나 봐. 진짜 천지신명이 살렸다는 말을 내가 가을이 보고 믿는다니까. 뉴스 보니까 어유, 가을이 뒤통수로 차가 훅 날아드는데 얼마나 무섭던지."

불과 몇 년 전만 해도 유경은 가을이 평생 친구로 남아 있을 거라 조금도 의심하지 않았다. 여섯 살 때부터 같은 아파트에 살고 같은 골목을 누비고 다니며 둘은 너무도 당연하게 서로의 곁에 있었다. 그사이 각자 다른 친구들을 사귀고 만났지만 그래도 변함없이 둘은 가장 친한 친구였다. 늘 그랬다.

하지만 언제부터인가 유경은 가을에게 벽을 느꼈다. 처음에는 낮은 벽이었지만 조금씩 높아지더니 이윽고 머리끝까지 올라왔다. 벽은 투명해서 마치 존재하지 않는 것처럼 보였지만 아니었다. 그건 둘 사이를 가르는 분명한 벽이었고, 너무 높아 넘어갈 엄두조차 나지 않는 벽이었다. 벽이 높아지고 나서야 유경은 가을에게 말하지 못한 무언가가 있음을 깨달았다. 꼭 말해야 하는 중요한 이야기였지만, 벽이 말문을 막아 할 수가 없었다.

어디서부터 잘못됐을까. 삼총사처럼 붙어 다녔던 균이 남자로 느껴지기 시작하면서였을까. 균의 시선 끝에 늘 가을이 있다는 걸 알아차리면서였을까. 그도 아니면 학교 친구들이 자신은 불편해하면서 가을과는 거리낌 없이 지낸다는 걸 알아차리고 나서부터였을까.

가을과 처음으로 한 걸음 멀어졌을 때, 유경은 가을이 두 걸음 다가와 주기를 원했지만 가을은 그러지 않았다. 유경은 늘 한 걸음만큼의 거리를 두었고, 가을 역시 그 거리를 애써 좁히지 않았다. 어쩌면 가을도 유경과 한 걸음 떨어지고 싶었을지도 모른다는 생각이 들었다. 친구는 한순간에 가까워지지만 멀어지는 것도 한순간이라는 사실이 유경을 외롭게 만들었다.

"정말 괜찮대?"

"아유, 하늘이 도왔어. 가을이한테 자꾸 이상한 소문이 붙어서 그렇지."

유경 엄마가 누가 듣기라도 하면 큰일 난다는 듯 목소리를 낮춰 소곤대며 말하자 어지간하면 반응을 보이지 않는 유경도 눈살을 찌푸렸다.

"무슨 소문?"

"아니 애기 동자가…… 흠. 너 이거 아무한테도 말하면 안 된다. 나도 109동 부녀회장한테 들었어. 진짜인지 아닌지도 몰라. 워낙에 그 아줌마가 이야기 만들어 내는 걸 좋아하니까. 너도 그냥 한 귀로 듣고 흘려."

"그러니까, 무슨 소문?"

엄마가 거실에서 TV를 보는 아빠 눈치를 슬쩍 보고는 재빨리 속닥였다.

"가을이한테 귀신 붙었다고."

"뭐?"

"사고 나기 전에, 가을이 엄마가 동네 사람들 몇 명이랑 무당집엘 갔다나 봐. 왜, 저기 농협 사거리에 있는 그 유명한 데. 거기서 이상한 말을 했다는 거야. 가을이 옆에 웬 여자애 하나가 보인다고. 사고 날 때, 까딱했다간 가을이 큰일 날 뻔했거든. 들어 보니까 가을이 말이 그때 누가 자기를 불렀대. 그 소리를 듣고 걸음을 옮겼는데 딱 사고가 났다는 거야. 누가 가을이를 불렀는지, 생명의 은인이라고 찾아다니는데 아무도 없어, 아무도. 다들 이상하다, 이상하다 하고 있는데 애기 동자가 그랬다는 거야. 암만 찾아도 누가 가을이를 불렀는지는 못 찾을 테니 찾아다니지 말라고."

"왜?"

"그게…… 아유, 이런 말 해도 되는 건지 모르겠네. 저기, 가을이 이름 부른 게 산 사람이 아니래. 귀신이 불렀다잖아, 귀신이."

은밀히 속삭이는 말이 고함 소리보다 더 크게 들리는 때도 있다. 엄마는 연신 아빠 눈치를 보며 속삭였고, 속삭임은 아주 큰 파동을 일으키며 퍼져 갔다.

"가을이한테 붙은 귀신이 자꾸 말을 걸 거라면서. 굿 못 하면 부적이라도 하러 오라고……."

"거, 참. 또 쓸데없는 소리!"

엄마는 아빠의 벼락같은 고함에 입을 삐죽 다물었다.

"안 그래도 공부한다고 힘든 애한테 그런 얘기는 뭐 하러 해? 다른 사람 얘기 옮기지 말라고 몇 번을 말해. 다른 사람도 아니고 가을이 얘기를 꼭 그렇게 해야 속이 시원해? 이웃사촌끼리 같이 애 키워 가면서 도움 한두 번 받았어? 남 말하듯 하지 말라고 좀."

"아니, 나도 걱정이 되니까 그런 거지. 남 일도 아니고 가을이 일이잖아."

"그렇게 걱정되면 김치라도 싸 들고 가서 괜찮은지 물어봐. 뒤에서 말 옮기지 말고."

유경 엄마가 못마땅한 눈으로 남편을 바라보았다. 하여간, 세상천지 저 혼자 성인군자지. 온갖 착한 척, 바른 척. 저러니 아직 퇴직금도 못 받고 언제 다시 열지 모를 놀이동산이나 쳐다보고 앉았지. 으휴, 등신. 으휴, 천치.

"아, 김치를 왜 가져가 김치를. 요즘 배춧값이 얼만데. 뭐, 가을이네는 김장 안 했을까 봐? 지금 1월이야. 벌써 했어. 두 판을 하고도 남았어. 그 집이 월급 끊겼어? 우리 집이 끊겼지."

유경의 아빠는 판타지아에서 오랫동안 근무한 엔지니어였다. 아빠처럼 유능한 엔지니어가 있어 준 덕분에 판타지아는 오랜 세월에도 불구하고 놀이 기구에 큰 결함이 생기거나 문제가 된 적은 없었다. 판타지아는 아빠의 자부심이었다. 자부심이 문을 닫았을 때, 언제 다시 문을 열지 알 수 없으니 퇴직금 정산을 할 직원들은 신청하라고 했지만 아빠는 하지 않았다. 판타지아가 다시 문을 열 거라고 굳게 믿으며 기다릴 뿐이었다.

"유경아. 너희 엄마 하는 말 중에 들을 만한 거 하나 없다. 어서 들어가서 쉬어."

아빠가 리모컨으로 TV를 끄며 신경질적으로 말하자 엄마는 이를 꽉 깨물었다.

"내가 입이 없는 것도 아니고 왜 말도 못 하게 해, 말도. 솔직히 당신은 가을이네 안 미워? 이 동네 상가 번영회 사람들한테 물어봐. 다들 가을이네한테 요만큼씩이라도 불만 있지."

"그 집이 미울 게 뭐 있고 불만 가질 게 뭐 있어?"

"솔직한 말로 판타지아 노후 시설이라고 등급 나온 거 가을이 아빠가 뒤도 안 돌아보고 승인해서 문 닫은 거 아냐? 장사도 안 되는 걸 놀이 기구 싹 정리하고 새거 넣으라는데, 그 큰돈 들여 할 사람이 어디 있냐고. 이 동네 다 저 놀이동산 하나 보고 사는데 아예 문 닫으라고 부채질을 한 거지. 가을이네는 공무원이니까 놀이동산 문 닫아도 먹고사는 데 아무 지장이 없지. 우리처럼 저거 하나 보고 사는 사람들은 아주 굶어 죽으라는 거잖아."

"또 쓸데없는 소리. 오래돼서 놀이 기구 문제 생기기 시작했던 거 맞아. 검사 결과가 그런데, 그럼 동네 먹고살라고 가을이 아빠가 조작이라도 했어야 해? 그때 가을이 아빠가 제대로 안 했으면 내가 막았어, 내가. 사고 나고 뒷말해 봐야 무슨 소용이야? 가을이 아빠는 원칙대로 한 거야."

"원칙 같은 소리 하고 있네. 뭐 원칙이 밥 먹여 줘? 문 닫은 지 3년이야, 3년. 언제까지 놀이동산이나 보고 앉아 있을 거야? 당신은 언제까지 택배 일 하면서 버틸 건데. 당신 허리에 파스 붙여 주면서 내 마음은 뭐 되게 편한 줄 알아?"

싸움을 시작한 엄마 아빠를 뒤로하고 등 떠밀리듯 방으로 들어온 유경의 얼굴이 눈에 띄게 어두워졌다. 지긋지긋했다.

고작 놀이동산 하나 문 닫은 것 때문에 지역 경제가 휘청이고 동네 사람들이 떠나고 아빠가 직장을 잃었다는 사실을 인정하고 싶지 않았다. 유경은 좋은 대학에 가고 싶었다. 그리고 돈을 아주 많이 버는 직업을 구해서, 놀이동산이 열 개쯤 문을 닫아도 먹고사는 데 지장이 없는 인생을 살고 싶었다.

유경은 책상 밑에 가방을 내려놓고 침대에 쓰러지듯 누웠다. 잠든 듯 눈을 감고 있었지만 사실 유경은 잠든 게 아니었다. 유경은 누군가를 기다리고 있었다.

째깍째깍.

초침이 흐르는 소리가 의식되기 시작하고, 초침 소리가 마치 고함 소리처럼 크게 들려오기 시작할 때쯤, 끼이익 방문이 열리고 유경의 머릿속으로 작은 아이가 찾아왔다.

작은 발소리는 방 안을 맴돌았다. 타닥타닥 뛰기도 하고 슬그머니 유경의 책상에 앉기도 했다.

잘 지내? 요즘은 어때. 실컷 놀고 있어?

유경이 머릿속 아이에게 말을 걸어 보지만, 아이는 대답 대신 작은 소리로 노래를 흥얼거리기만 했다. 유경은 천천히 몸에 힘이 풀리고 조금씩 마음이 편안해지는 것을 느꼈다. 서늘한 노랫소리에 귀를 기울이고 나서야 유경은 비로소 까무룩 잠에 빠져들기 시작했다.

가을에 대해 이야기하던 엄마의 말투에는 반쯤은 걱정이,

반쯤은 흥미가 담겨 있었다. 그런 엄마에게 유경은 아무런 대꾸도 할 수 없었다. 자신도 때로 이상한 게 보인다고, 생각하면 안 되는 걸 떠올린다고 말할 수는 없었으니까.

아무에게도 말하지 못하는 비밀이, 아무에게도 들켜서는 안 되는 비밀이 유경 곁을 맴돌고 있었다.

5

"오랜만."

유경이 편의점 문을 열고 들어갔을 때 균은 우유를 진열하는 중이었다. 목소리만 듣고도 균은 누군지 안다는 듯 쳐다보지도 않고 손을 흔들었다.

"너는 사람이 왔는데 쳐다도 안 봐?"

퉁명스럽게 다가간 유경이 컵 커피를 손에 쥐자, 균이 다시 빼앗아 들고는 유경의 손에 흰 우유를 쥐여 주었다.

"무슨 짓이야?"

"뼈 삭아, 우유 먹어."

유경은 균이 건넨 우유를 가만히 바라보았다.

"남의 뼈에 웬 관심?"

부러 투덜대며 말했지만 사실 유경의 가슴은 기쁨으로 밝아지고 있었다. 중학교 3학년 때였나. 그때도 균은 유경의 손에 우유를 쥐여 주었다.

"너 키 안 크는 거 카페인 때문이야. 이런 거 많이 먹으면 뼈 삭는대."

처음으로 균이 남자로 보이기 시작하고 손끝이 아리도록 떨려 오던 때였다.

초등학교 고학년 때부터 유경은 커피를 먹어 왔다. 처음에는 커피 우유였고 그다음은 믹스 커피였다가 카페라테가 되더니 열여섯부터는 커피만으로 카페인을 채울 수가 없어 에너지 드링크를 물처럼 마셔 댔다. 전쟁처럼 몰려오는 잠을 이길 방법이 그것밖에 없었으니까.

"쓸데없이 친절하네. 얼마야?"

"그냥 먹어."

"웬일? 나 진짜 공짜로 먹는다."

"그러라고 준 거야."

"뭐야. 갑자기 왜 이렇게 잘해 줘?"

유경은 자꾸만 입꼬리가 올라가는 자신을 다독이며 의자에 앉아 우유를 한 모금 들이켰다. 유당불내증이 있어 흰 우유만 먹으면 배가 아팠지만, 그래서 평소라면 절대 먹지 않았겠지만, 유경은 그 사실을 균에게 말하지 않을 생각이었다.

"너 요새 서울에서 공부하느라 개빡시다며. 근데 서울에 있어야 할 놈이 왜 여기 와 있냐."

"안 그래도 오늘 다시 올라갈 거야."

"서울에서 학원 다니면 뭐 다르냐? 특별한가."

"특별하다는 게 보통 사람들이랑 다르다는 의미면 특별하지. 다들 미친 사람처럼 공부해. 뉴스 봐 봐, 대치동에서는 네 살짜리, 일곱 살짜리 애들도 공부에 미쳐 있어. 폰 빼앗고 무슨 감옥처럼 들어가 수업하는데도 다들 만족한다니까."

우울과 회의감이 가득한 유경의 얼굴에 절망이 스쳤다. 마치 자신이 가고 있는 길 끝이 낭떠러지라는 걸 알면서도 걸어가는 이의 모습 같았다.

"너도 폰 뺏겨?"

"뺏기는 게 아니라 자진해서 내는 거야. 공부하려고."

"그럼 너랑 연락은 어떻게 하냐."

"뭐, 나한테 연락…… 흠. 연락하려고?"

"연락하고 싶을 수도 있지. 근데 연락 안 된다며."

"아니! 어, 그, 아홉 시! 밤 아홉 시에 받아. 아침 일곱 시에 다시 내고. 아홉 시 이후에 연락하면 받을 수 있긴 하다고."

괜히 말했나? 유경은 대답 없는 균을 보며 괜스레 애가 닳았다.

"힘드냐?"

균의 덤덤한 목소리에 유경은 울컥했다. 누가 등을 떠밀고 들들 볶아서 하는 공부가 아니었다. 저 스스로 결정한 고행이었다. 그래야만, 그렇게라도 애써서 해야만 사람들이 말하는 성공한 삶에 끼어들 수 있을 것 같았다. 그게 정답인지는 알 수 없었지만 모두가 그렇게 말했으므로 그런 줄 알았다.

"……어. 수능 진짜 드럽게 힘드네. 그놈의 대학이 뭔지. 진절머리 나. 그거 알아? 우리 엄마 아빠는 내가 공부 좋아하는 줄 안다? 하긴, 안 시켜도 이렇게 악착같이 하는데 다른 사람들 눈에는 그렇게 보이기도 하겠지."

"그렇게 힘들게 공부하면 누가 알아주냐?"

"내가 알지. 다른 사람은 몰라도 돼."

그래야 나중에, 아주 나중에 설사 성공한 삶을 살지 못하더라도 할 말이 있을 거 아냐. 나는 죽을 둥 살 둥 했는데 이 개같은 세상 때문에 실패한 거라고 탓할 수 있을 테니까.

"그렇게 해서 서울대 가면 행복한 거 맞냐?"

"어?"

"그렇게 가고 나면 괴로웠던 시간 다 보상받고 행복하게 사는 건가 싶어서."

"걔네들이 공부하는 걸 즐거워하는지 괴로워하는지 네가 어떻게 알아? 좋아서 하는 애들이 있을 수도 있지."

"너는 힘들다며."

균이 고개를 들어 유경과 눈을 마주쳤다. 때때로 균은 말문을 막히게 만들었다. 새까만 눈동자를 가만히 들여다보는 것만으로도 속이 훤히 읽힌 듯 마음이 벌거벗겨진 기분이라 유경은 한마디도 이을 수 없었다.

"너무 빡시게 살지 마라. 몸 상해."

균이 다시 고개를 숙여 상품을 진열했다. 유경은 속이 메스꺼운 듯 울렁이는 이 기분이 설렘인지 수치심인지 알 수 없었다.

균이 가슴에 누구를 품고 있는지 알아차리고 나서부터 꼭 1년을 유경은 균에 대한 마음을 정리하는 데 보내야 했다. 말하지 못한 마음이기에 아무 일도 없었던 것처럼 구는 건 쉬웠다. 자기 자신만 속이면 되는 거니까. 그렇게 다 정리했다고 생각했는데, 아니었던 걸까. 유경은 내 마음인데 어째서 내 뜻대로 되지 않는 건지 도무지 이해가 되지 않았다.

"근데 누가 그래? 나 빡세게 산다고."

"누구겠냐."

균은 있지도 않은 가을이 보이기라도 하듯 장난스레 말했다. 그리고 유경은 그 찰나에도 균의 얼굴이 밝아지는 걸 알아차렸다.

"사고 났었다며."

진열을 하느라 바삐 움직이던 균이 손을 멈추고 어떻게 알았냐는 듯 유경을 바라보았다.

"우리 엄마가 그러더라. 편의점 반이 날아갔다던데 생각보다 괜찮네."

"우리 집 정 여사 모르냐? 하루라도 돈 안 벌면 하늘이 무너지는 줄 아는 사람인데. 그놈의 돈 돈 돈 아주 지겨워 죽겠어. 이거 복구한다고 작업하시는 분들 달달 볶더라. 여기서부터 저기까지 다 새로 갈았어. 바닥이며 기둥이며 아주 아작이 났다. 공사하는 와중에도 문을 열었다니까."

"그래서, 가을이는 괜찮아?"

유경의 물음에 균은 잠시 동안 유경을 바라보았다. 걱정하는 건지 빈말을 하는 건지 그도 아니면 화를 내는 건지 알고 싶은 얼굴이었다.

"가을이 괜찮냐는 걸 왜 나한테 물어봐? 너네 진짜 서로 연락 안 하냐?"

"뭐…… 둘 다 바쁘니까."

"여기 앉아서 나한테 물어볼 시간에 전화를 한번 때려. 아, 그리고 그 우유 폐기다."

"어?"

"유통 기한 지난 거라고."

균의 말에 유경이 먹던 우유를 도로 뱉으며 얼굴을 잔뜩 찌푸렸다.

"에이 씨. 먹기 전에 말해야 할 거 아냐."

"몇 시간 안 지나서 괜찮을걸."

"괜찮은지 안 괜찮은지를 네가 정하니? 내 배가 정하지."

균을 향해 눈을 흘기던 유경은 길게 한숨을 내쉬고 테이블 위로 쓰러지듯 엎드려 휴대폰을 들었다. 가을에게 전화를 걸고 싶었지만, 건다고 한들 무슨 말을 해야 할지 알 수 없었다. 가을과 마지막으로 연락한 게 언제였더라. 학교에서 마주쳐도 괜히 어색해 길게 이야기를 나누지 않았다. 어쩌면 가을은 유경의 전화 따위는 기다리지 않을지도 모른다. 그래서 먼저 연락을 하지 않는 게 아닐까. 불안이 마음에 낸 작은 구멍은 조금씩 커져 갔다.

조금 있으면 가야 되는데…….

유경이 편의점을 찾아온 건 단순히 균의 얼굴을 보기 위해서만은 아니었다. 가을이 다니는 학원이 편의점 건물 5층에 있으니, 여기 있다 보면 가을을 자연스레 만날 수 있을 것 같아서였다. 먼저 연락할 자신은 없었지만, 얼굴도 못 보고 가기에는 마음에 걸렸다.

"야. 문유경."

"왜."

"저기 오네. 직접 불러서 물어봐."

균의 시선 끝에 막 학원에서 나온 가을이 보였다. 유경은 자기도 모르게 벌떡 일어나 문을 열어 친구를 불렀다.

"가을아."

가을이 멈칫, 걸음을 멈추었다. 분명 소리를 들은 것 같은데 뒤돌아볼까 말까 망설이는 듯 주춤대면서. 내 목소리라는 걸 알았을 텐데. 유경은 섭섭했고 가을은 사고 때 자신을 부르던 목소리가 생각나 섬뜩했다.

가을은 사고 이후에도 자주 꿈을 꾸었다. 가위에 눌리면 무언가를 잊으라는 목소리가 들려왔고, 가위에서 벗어나게 하는 건 늘 "가을아!" 하고 부르는 목소리였다. 가을은 이제 누가 자신의 이름을 부르기만 해도 흠칫흠칫 놀랐다.

"야, 빡가을. 왜 그러고 있어? 못 들었냐."

균의 목소리가 들려오고 나서야 가을은 긴장을 풀고 뒤돌았고, 뜻밖의 얼굴에 눈이 휘둥그레졌다.

"어, 유경아."

가을은 유경의 얼굴을 보는 순간 여러 가지 감정이 동시에 터져 나왔다. 왜 이제야 왔어? 나 무서워 죽는 줄 알았단 말이야. 그동안 무슨 일이 있었는 줄 알아? 절친한 친구에게만 부릴 수 있는 투정이 제일 먼저 떠올랐지만 어색하게 웃고 있는 유경의 얼굴을 보는 순간 차마 그럴 수가 없었다.

"서울 간 거 아니었어?"

"어. 이따가 다시 올라가."

"공부는 잘돼 가?"

"존나 빡시지 뭐. 너는?"

"어?"

"별일…… 없어?"

있어.

무서워. 나한테 이상한 일이 벌어지고 있는 것 같은데 그게 뭔지 모르겠어. 가을은 말을 꺼내 볼까 싶었지만 입이 떨어지지 않았다. 혹시라도 유경이 바쁘다고 하면, 듣고 싶지 않은 걸 억지로 듣고 있는 거면 어쩌지? 예전에도 유경은 가을의 쫑알거림이 더는 궁금하지 않다는 듯 휴대폰만 들여다본 적이 있었다. 그래서 가을은 망설였고, 유경은 가을이 이야기를 꺼내 주길 기다렸다.

별일 있다고. 눈앞에서 사고가 났는데 얼마나 놀랐는 줄 아느냐고. 그러면 유경은 부녀회장 아줌마가 이상한 말을 하고 다닌다며 함께 투덜댈 생각이었다. 그러다 보면 요즘 얼마나 지치는지, 다시 예전처럼 생각 없이 놀고 싶은지, 솔직하게 다 말할 수 있을 것만 같았다.

"응. 뭐, 그냥 똑같지."

하지만 가을은 입을 닫아 버렸고 유경은 말할 기회를 찾지 못했다. 어색하게 서 있는 둘을 균은 떨떠름한 표정으로 지켜보았다.

"너희 둘이 나 몰래 사귀었냐?"

"뭐래."

"지금 너희 사귀다가 헤어진 애들처럼 굴잖아. '공부는 잘 돼 가?' 뭐 하냐, 오글거리게."

균의 말처럼 가을과 유경은 서로를 의식하며 서 있었다. 오랜 친구는 서로에게 말하지 못하는 것이 생겨날수록 조금씩 멀어져 왔다. 보이지도 존재하지도 않는 거리는 그렇게 점점 벌어지다가, 서로를 오래된 친구에서 잊혀진 친구로 남게 할지도 몰랐다.

유경은 쓸쓸한 미소를 지으며 작게 한숨을 내쉬었다.

"나 먼저 가 볼게. 다시 서울 올라가야 돼."

"벌써 가게?"

"응. 원래 안 되는 건데 잠깐 온 거야. 거긴 하루만 빠져도 따라가기 힘들어."

"서울엔 언제까지 있어?"

"1월 말."

"그럼 이제 내려오는 날은 없어?"

가을의 물음에 유경은 미소를 짓고 친구를 바라보았다.

"연락할게."

가을은 언제 연락할 거냐고 물을 수 없어서 그저 고개를 끄덕였고, 유경은 가을에게조차 비밀을 말하지 못했던 이유를 떠올렸다.

"진짜 괜찮지?"

"응. 그런 것 같아."

유경은 괜찮냐는 물음에 가을이 아니라고 대답하기를 바랐다. 그러면 유경은 가을에게 하지 못했던 말들을, 너무도 말하고 싶었지만 그럴 수 없었던 비밀들을 다 털어놓을 수 있을 것 같았다. 하지만 가을은 고개를 끄덕였고, 그 끄덕임이 유경을 망설이게 만들었다. 그렇게 둘은 다시 아무 일도 없다는 듯 돌아섰다.

우리의 삶 중 얼마나 많은 순간이 그러했을까. 앞으로 얼마나 많은 순간을 그렇게 놓치게 될지 둘은 알 수 없었다.

가을아. 나는 괜찮지가 않아.

나는 여자애가 보여. 아니, 내가 그 애를 불러내. 그 애가 뛰노는 모습을 바라보고 자꾸만 말을 걸어. 그런데 아무한테도 말할 수가 없어. 왜냐면…… 나는 그 애가 누군지 알고 있거든. 생각해서도, 자꾸만 불러내서도 안 되는 애라는 걸.

6

흐흑, 흑.

누군가 울고 있었다. 우는 소리가 이토록 마음에 걸렸던 건 마음 놓고 엉엉 우는 소리가 아니었기 때문이다. 울음이 새어 나가지 않도록 입술을 틀어막는데도 새어 나오는 듯한, 애처로운 울음소리였다.

거기 누구 있어요?

가을은 말하려 했지만 입술이 움직이지 않았다. 가위였다. 몸은 무거웠고 어딘가 꽁꽁 묶여 있기라도 한 듯 꼼짝도 할 수 없었다. 가을이 몸을 움직이려 하면 할수록 울음소리는 더 크고 선명하게 들려왔다. 처량한 울음소리에 가을도 금방 울음이 터질 것 같았다.

누구세요? 왜 자꾸 울어요?

가을이 울고 있는 사람을 찾기 위해 눈을 뜨려 애쓰고 있을 때, 순간 울음은 비명 소리로 바뀌었다. 끔찍한 무언가를 눈앞에 둔 이가 살기 위해 내지르는 비명이었다. 비명 소리는 얼마 지나지 않아 입을 틀어막혀 끅끅대는 소리로 바뀌었다.

아니다. 단순히 우는 게 아니었다. 가을은 울음소리 사이로 신음처럼 새어 나오는 말소리를 들었다.

뭐라고? 더 크게 말해 봐요.

가을은 귀를 기울였지만 섬뜩한 소리만이 들려올 뿐이었다.

무슨 말을 하고 싶은 거예요? 조금만 더 크게 말해 봐요, 조금만 더 크게.

작은 웅얼거림은 잘못했다고 말하는 듯도, 살려 달라고 말하는 듯도 하더니 이윽고 또렷하게 들려왔다.

……가을아!

가위가 풀리면서 전기가 통하는 듯 찌릿한 느낌이 온몸을 훑고 지나갔다. 또 그 목소리였다. 사고가 나던 날 자신을 불렀던 소리. 어디선가 들어 본 적 있는 것 같으면서도 누군지 도무지 알 수 없는 목소리.

침대에서 몸을 일으키자 두통이 몰려들었다. 전력 질주를 한 것처럼 심장이 터질 듯이 빠르게 뛰고 숨이 가빠서, 가을은 목구멍 끝까지 공기를 끌어 마셔야 했다.

도대체 왜 자꾸 이런 이상한 꿈을 꾸는 거지. 답답해하고 있을 때, 숨이 넘어가도록 웃는 소리가 문밖에서 들려왔다. 가을은 소리에 점점 더 예민해졌다. 누군가 뾰족한 바늘로 이마를 쑤시기라도 하는 것처럼 머리가 아팠다. 신경질이 극에 달한 가을이 인상을 잔뜩 찌푸린 채 방문을 열었다.

"TV 소리 좀 낮춰."

하원이 소파에 드러누운 채 TV를 보며 깔깔대고 있었다.

"왜 또 지랄이야."

"시끄럽다고. 잠을 못 자겠잖아."

"네네, 소리 낮추겠습니다. 암요, 공주님 주무시는데 방해하면 안 되죠. 고3 수험생이 아주 까져 가지고 말이야. 너 오늘 수요일인 건 아냐? 일요일에도 학원 간다고 설쳐 대더니, 이번 주는 아주 월 화 수 죄다 땡땡이다? 벌써 수능 포기했냐."

하원의 빈정거림에도 가을은 대꾸할 힘이 없었다. 지친 몸을 이끌고 다시 방으로 들어왔다. 일요일에 유경을 만난 후 지금껏 가을은 학원도 가지 않고 방 안에만 박혀 있었다. 내리 잠을 자고 또 자도 누군가 어깨를 짓누르기라도 하는 듯 몸이 무거웠다.

침대에 누워 이불을 머리끝까지 덮어쓰고 다시 잠을 청했다. 피곤한 몸이 금방이라도 녹아내려 바닥에 들러붙을 것만 같았는데도 쉬이 잠에 들지 못했다. 머리가 뱅글뱅글 도는 것처럼 어지러웠다. 그때 다시 소리가 들려왔다.

까르르.

가을은 머리끝까지 짜증이 치솟는 것만 같았다.

"소리 좀 줄여 달라고 했잖아!"

가을이 신경질적으로 문을 열었을 때 하원은 휴대폰을 들여다보고 있었다.

"야, 박가을. 정도껏 해. 여기서 뭘 더 어떻게 조용히 해? 도서관도 여기보단 시끄러워."

TV는 이미 꺼져 있었고 거실에는 하원 외에 아무도 없었다. 잘못 들었나. 깨질 듯한 두통에 눈까지 찌릿하게 아파 왔다.

"중학교 때는 사춘기라고 지랄, 고등학교 때는 공부한다고 지랄. 별 생지랄을 다 떠네. 하루이틀도 아니고 온 집안 식구들이 니 눈치 보면서 살아야 되냐? 아부지도 인마, 네 눈치 보인다고 일요일에도 집 밖으로 나가. 알아? 제발 그 싸가지 좀 숨기고 살아. 사람들이 욕해."

하원의 목소리가 가을의 귓전을 때렸다. 무언가가 잘못되었다. 잘못된 게 아니라면 이럴 수는 없는 거였다. 꿈속에서 들려오던 소리가 현실에서까지 들린다면, 어떤 게 진짜 소리이고 어떤 게 꿈속 소리인지 어떻게 구분할 수 있지? 가을은 자신이 무서워지기 시작했다.

잠에 드는 것이 아니라 헤어 나오지 못할 늪에 빠지는 것 같다는 생각을 했다. 잠이 괴물같이 느껴졌다. 이대로 또다시 잠이 들면 잡아먹힐 것만 같았다. 더는 침대가 안락하게 느껴지지 않았고 구겨진 이불은 회오리치는 폭풍 같았다. 여기 있으면 안 돼. 나가야 돼. 나가자, 나가.

"학원 가냐? 왜, 내 얘기 듣고 찔리든?"

"……."

"학원 가냐고. 사람이 물으면 말을 해야 할 거 아니야. 저게 눈을 뜬 거야 만 거야. 야! 눈 똑바로 뜨고 다녀. 미친 애처럼 하고 다니지 말고. 야, 박가을!"

어디를 가야겠다고 생각한 건 아니었다. 무작정 걷고 또 걸었다. 견딜 수 없어서 움직였을 뿐, 다른 이유는 없었다.

정신을 차렸을 때 가을은 자신이 판타지아 앞에 서 있다는 걸 알고 흠칫 놀랐다. 여기까지 어떻게 왔는지 기억이 하나도 나지 않았다. 가을의 집에서 내다보면 커다란 관람차가 코앞에 있는 것처럼 느껴져도 사실은 걸어서 30분이나 되는 거리였다. 그 거리를 걸어왔는데 어떻게 아무 기억도 안 날 수 있지?

어쩌다 여기까지 왔을까. 가을은 굳게 닫힌 철문 너머를 바라보았다. 더는 사람들로 북적이지도 않고 노랫소리마저 들려오지 않는, 오래된 사진 같은 장소였다.

판타지아가 문을 닫기 전에는 주말만 되면 환호성 같은 것이 바람결을 타고 들려오곤 했다. 무서운 놀이 기구를 탄 사람들이 내지르는 소리이기도 했고 뛰어노는 아이들이 쏟아 내는 소리이기도 했다. 은은한 음악 소리가 들리는 날도 많았고 사람들이 웅성거리는 소리가 퍼져 나오기도 했다.

가끔씩 가을은 외롭거나 울적할 때면 판타지아 앞을 서성였다. 그 웅웅대는 소리들이 한낮의 꽃밭을 날아다니는 꿀벌 소리처럼 평화롭게 들려왔다. 위안이 될 때도 많았고, 이상하게 기운이 났던 것 같기도 하다. 고함 소리마저 즐거움에 터져 나오는 곳이었으니까. 어쩌면 가을은 평온한 하루를 꿈꾸다가, 어린 시절 보냈던 그런 날들을 다시 느끼기 위해 움직였는지도 모르겠다.

하지만 닫혀 버린 판타지아는 황폐하고 음습했다. 햇살에 반짝이던 하얀 담벼락은 이제 검은 곰팡이와 이끼로 뒤덮였고 녹슨 철문은 바람이 불 때마다 끼익 끼익 섬찟한 소리를 냈다.

더는 반짝이지도 아름답지도 않은 놀이동산에서 발길을 돌리는 순간, 어디선가 흥얼거리는 노랫소리가 들려왔다. 놀이동산 안이었다.

누구지?

문 닫은 놀이동산에 누가 들어간 걸까. 호기심에 문을 넘어 들어가는 사람들이 가끔 있다는 이야기를 들은 적이 있다. 아무도 없는 놀이동산을 공짜로 구경할 수 있다며 몰래 들어가

동영상을 찍거나 놀이 기구를 훼손하는 이들도 있었고, 낭만을 꿈꾸며 고백을 하려고 놀이동산에서 촛불을 켜다 불을 낸 이들도 있었다. 그리고 무엇보다……

"그날 사고 있잖아. 왜, 가을이 치일 뻔하고 편의점 박살 났던. 그래, 그 사고가 글쎄 음주 운전이었대. 젊은 애들이 판타지아 안에 몰래 기어들어 가서 술판을 벌였다잖아. 운전한 놈도 술이 아주 떡이 되어 가지고 편의점에 술 더 사러 오는 길이었대. 그러다가 그 난리 부르스를 피운 거고. 저놈의 판타지아, 문을 다시 열든지 아무도 못 들어가게 싹 밀어 버리든지 해야지. 무서워서 살겠어? 막말로 그런 일 다시 일어나지 말라는 법이 있냐고."

사고 원인이 밝혀진 뒤로 동네 사람들의 목소리가 점점 높아졌다. 이대로 판타지아를 방치하면 지역 경제가 망하는 건 물론이고, 온갖 범죄의 온상이 될 수도 있다면서. 판타지아 담벼락 여러 곳에 출입을 금한다는 현수막이 붙은 것도 그 때문이었다.

"거기 누구 있어요?"

가을의 물음에 흥얼대던 노랫소리가 멈추었다.

"거기 있는 거 다 알거든요? 나가세요. 여기 출입 금지예요."

한 번 더 으름장을 놓은 가을이 뒤돌아서려 했을 때, 가을을 놀리기라도 하듯 까르르 웃음소리가 들려왔다. 아이의 웃음소리였다.

"저기요! 나가라고요. 지금 신고해요?"

도망가는 게 분명한 발소리가 타다닥 들렸을 때, 가을은 잡아야겠다고 생각했다. 괜히 아이들끼리 놀다가 사고라도 난다면 그땐 정말로 판타지아가 사라질 것만 같았다. 언젠가 문을 다시 열 수도 있는 것과 완전히 사라지는 건 다른 문제니까.

"애들이 저길 어떻게 들어갔지?"

마음먹고 들어가려면 못 넘을 높이는 아니었지만 철문은 제법 높고 위험해 보였다. 주변을 살피던 가을의 눈에 직원 전용 입구로 쓰이던 폭 좁은 문이 들어왔다. 감겨 있던 쇠사슬은 바닥에 떨어져 있었고, 문은 한 뼘 정도 열린 채 바람에 삐그덕대고 있었다.

손에 힘을 주고 밀자 문이 요란한 소리를 내며 열렸다. 오랫동안 사용하지 않아 녹슨 철에서 나는 기분 나쁜 소리였다. 태양이 구름에 가리어 내리쬐던 빛이 사라지자 기다렸다는 듯 바람이 휘이잉 불어왔다. 매서운 겨울이 내뱉는 차갑고 메마른 바람이었다. 그냥 돌아갈까 싶을 때였다.

"가을아."

놀란 가을이 어깨를 움츠리다 낯익은 얼굴을 보고는 반가움에 표정이 밝아졌다.

"어…… 너, 맞지?"

수줍은 듯한 미소를 보니 분명히 알 것 같았다. 웃으면 봄꽃이 피듯 주변을 밝히던 아이. 가을이 좋아했던, 함께 있으면 까르르 웃음만 나던 친구.

"너 봄이 맞지? 와, 이게 얼마 만이야. 잘 지냈어? 근데 너 왜 여기 있어? 여기 출입 금지야. 어른들한테 걸리면 죽어."

잔소리 같은 가을의 말에 봄이 배시시 미소를 지었고, 그 미소에 가을도 덩달아 웃음이 나왔다.

봄이.

초등학교 때 아주 절친했던 친구였다. 이름도 하필 봄과 가을이라서 붙어 다닐 때마다 봄가을로 묶여 불렸던 친구.

정말 친했는데. 내가 어떻게 널 잊고 살았지?

가을은 봄의 얼굴을 보며 어쩐지 울적해졌다. 미소마저 그대로인 친구를 보니 눈물이 날 것 같기도 했다.

"같이 놀래?"

친구란 그런 것인가 보다. 아무리 오랜 시간이 지나도, 아무리 나이를 먹어도 그 시절로 돌아가게 만든다. 개구쟁이 시절로, 세상이 반짝이던 시절로, 언제나 여름 방학 같던 어린 시절로.

"그래. 같이 놀자."

가을은 잊고 지냈던 친구의 손을 잡고 빙긋 웃었다. 입은 웃고 있는데도 가슴 한켠이 울컥했다. 조금 전까지 머리가 아프고 미칠 것 같았던 게 기억도 나지 않았다. 가을은 자신을 아무렇지도 않게 만들어 준 친구가 고마우면서 동시에 서글퍼졌다.

둘은 아주 오랜만에 손을 잡고 아무도 없는 놀이동산 안으로 걸어 들어갔다. 사람의 손길이 닿지 않아 녹슨 놀이 기구들이 바람에 흔들릴 때마다 삐거덕거렸다. 꼭 누군가 애잔한 울음을 토해 내는 것만 같은 소리였다.

마치 사람이 그립기라도 했다는 듯, 둘의 등 뒤에서 무거운 철문이 끼이익 웃음소리를 내뱉으며 닫혔다.

쿵.

아주 오랜만에 찾아온 사람을 다시는 내보내지 않겠다는 듯이.

7

"당신 왔어요?"

저녁 여섯 시.

여섯 시는 보글보글 퍼지는 달큰한 향이었고 밥 먹어, 하고 부르는 엄마의 다정한 소리였으며 따뜻한 온기로 가득한 집의 시간이었다. 누군가에게는 지친 몸을 쉬게 하는 시간이었고 누군가에게는 보고 싶은 사람을 만나는 시간이었으며 누군가에게는 고픈 배를 채우는 시간이었다. 그리고 가을의 아빠에게 여섯 시는 그 모든 것이 포함되는 시간이었다.

"응. 가을이는?"

양손 가득 치킨을 사 온 아빠가 보이지 않는 딸을 찾았다. 아빠보다 치킨을 더 반기는 자식들이지만, 그렇게라도 반기는 자식을 보는 것이 아비에게는 세상을 얻은 듯 기쁜 일이니까.

"몰라. 아까 어디 나가던데. 오 교촌, 아부지 나이스."

"아직 안 들어왔어? 몸도 안 좋다는 애가 어딜 가?"

하원이 치킨에 정신이 팔린 사이 저녁 준비를 하던 엄마가 휴대폰을 꺼내 들며 말했다.

"그러게. 학원에서 자습하나? 아까부터 전화해 봤는데 전화도 안 받아."

"무슨 소리야. 내가 학원 불 다 꺼진 거 보고 오는 길인데."

아빠의 말에 하원이 대수롭지 않게 대답했다.

"그럼 독서실 갔겠지. 잘난 수험생이잖아. 아까도 무슨 미친 애마냥 뛰쳐나가던데. 한 3일은 누워 자기만 하더니 갑자기 발등에 불이라도 떨어졌나 보지."

그렇게 다시 20분쯤 지났을 때, 가을의 아빠는 방에 그대로 놓인 가을의 휴대폰을 발견했다.

"폰 놔두고 갔네."

"어쩐지 아무리 전화해도 안 받더라. 저녁을 먹고 오려나 모르겠어요."

엄마의 말에 장난스런 표정을 짓고 다가온 하원이 아빠의 손에서 휴대폰을 잡아챘다.

"우리 동생이 요즘 무슨 생각을 하고 사나 한번 볼까."

"쓰읍. 박하원! 그냥 둬. 가을이 알면 또 난리 나. 괜히 가만히 있는 애 건드리지 말고."

"아, 엄마. 가을이가 그렇게 열심히 공부하는데도 성적이 안 오르는 데는 뭔 이유가 있지 않겠어? 내가 가을이만큼 공부했음 서울대 갔어. 난 맨날 팽팽 놀았는데도 박가을보다 성적 좋았잖아. 이거 분명 요즘 딴 데 정신 팔고 있다는 뜻이야. 혹시 알아? 남친이라도 사귀고 있는지."

남자 친구라는 말에 아빠는 얼굴을 찌푸렸고 엄마는 고개를 절레절레 흔들었다.

"제대하고 철 좀 드나 했네. 으휴, 으휴! 너는 오빠라는 사람이 그러고 싶니?"

"누가 뭐 한대? 그냥 별일 없나 살펴만 본다는 거지. 야, 이거 폰 비번 단순한 것 좀 봐. 얘는 초딩 때부터 맨날 똑같아. 이 정도면 자기도 까먹어서 비번을 못 바꾼다고 봐야지."

치킨을 입에 문 하원이 은밀한 미소를 지으며 휴대폰을 살피기 시작했다. 다리를 달달 떨며 폰을 보는 하원을 보면서 엄마가 한숨을 내쉬었다. 아빠는 그만두라고 말은 하면서도 은근 신경이 쓰이는지 시선을 떼지 못했다.

"저기, 가을이 남자 친구 그런 건 없지? 없을 거야. 우리 딸이 아빠한테 말도 안 하고 그런 걸 만들었을 리가 없지."

"아부지. 원래 열 길 물속은 알아도 한 길 사람 속은 모른다고 하잖아? 이 속을 들여다보려면 검색 내역이랑 알고리즘을

딱 보면 되거든."

"네가 그런 걸 어떻게 알아? 너 또 여자 만나고 다니냐? 복학할 생각을 해야지, 여자 친구나 만들어서 어쩌자고……."

"아, 아부지……."

치킨을 먹던 손이 멈추었다.

"가을이…… 찾아야 할 것 같은데."

하원의 얼굴이 순간 허옇게 질리는가 싶더니 손가락이 빠르게 움직였다. 하원의 눈동자에 휴대폰 액정이 또렷이 맺혔.

"왜 그래?"

하원의 떨리는 목소리를 듣자마자 엄마는 본능적으로 위험을 느꼈다. 놀란 엄마가 하원이 들고 있는 가을의 휴대폰을 들여다보았다. 액정에 뜬 글을 보는 순간, 엄마의 얼굴이 창백해졌다. 엄마 가슴에 휙, 찬바람이 불면서 머릿속에서 불길한 목소리가 들려왔다.

'누나 옆에 누나 하나가 붙었는데. 아무것도 몰랐구나? 계속 그렇게 두면 큰일 나, 엄마.'

"우리 가을이…… 안 돼. 안 돼."

부모가 되면 다른 사람들에게는 없는 어떤 감각 같은 것이 생긴다. 자식에 관해서만 작동하는 아주 미세하고 섬세한 신호는 때로 부모를 불안하게 만들기도, 걱정에 잠 못 이루게 만들기도 했다. 순간 엄마와 아빠는 천둥 같은 공포와 지진 같은 두려움을 느꼈다. 하늘이 쪼개지고 땅이 무너져 내리는 듯 섬뜩하고 불길한 예감이었다.

"가을아! 박가을!"
겨울의 시간은 훨씬 바삐 흘렀다. 껌껌해진 하늘은 세상을 집어삼킬 듯 어두워졌고 기온도 순식간에 떨어졌다. 공기가 차가워질수록 가족들의 얼굴에는 걱정과 긴장이 가득 고였다.
"언니. 우리 가을이 못 봤어요?"
가을의 엄마가 무작정 불 켜진 고깃집에 문을 열고 들어가 물었다.
"가을이 왜?"
"우리 가을이, 가을이가 없어졌어요."
"어머, 어머. 무슨 소리야 이게. 언제?"
"모르겠어요. 아까 낮에 나갔다는데, 휴대폰도 두고 나가고 아무리 찾아다녀도 안 보여요."
"아니, 애가 어딜 간 거야. 여보! 당신 혹시 오늘 가을이 봤어?"
"가을이? 아까 낮에 저쪽으로 걸어가는 거 보긴 했는데."
가 볼 만한 곳은 다 가 봤지만 가을은 보이지 않았다. 가족들은 더 불안해졌다. 마치 손가락 사이로 빠져나가는 모래처럼, 가을이 조금씩 사라져 가는 것만 같았다.

"어디, 어디로요?"

"저기, 골목 위로. 근데 요새 무슨 일 있어?"

고깃집 사장의 말이 끝나기도 전에 가을 엄마는 미친 사람처럼 달려갔다.

"진짜 무슨 일 있나. 아까 가을이도 내가 몇 번을 불렀는데 못 듣고 가더니만."

고깃집 사장이 고개를 내밀어 멀리 달려가는 가을 엄마의 뒷모습을 바라보았다. 여사장 역시 그 모습을 안쓰럽게 바라보았다.

"조금 있으면 들어오겠지. 아직 아홉 시도 안 됐구만, 뭘. 가을이네도 너무 가을이를 싸고돌아. 아무리 품 안의 자식이래도 언제까지 그럴 거야. 10년이면 강산도 변한다는데. 시간이 그 정도 지났으면 이제 마음 좀 놓고 살아도 될 텐데, 쯧."

"왜, 무슨 일 있대?"

"아유 당신도."

영 모르겠다는 표정을 짓는 남편을 보며 여사장이 작게 속삭였다.

"왜 있잖아. 10년 전 그때 이 동네서……."

"흐음. 그 얘기는 또 뭐 하러 꺼내."

"그 일 이후로 가을이 엄마가 유난히 애를 싸고도는 것 같아서 그러지. 어린애들이 뭘 알겠어. 크느라 바빠서 금방 다 잊는다고 말을 해도 저 집은 맨날 노심초사야. 하긴, 자식 키우는 부모 마음 다 똑같지."

"똑같긴 뭘 똑같아. 부모 얼굴 하고서 인간 같지도 않은 것들 천지야."

더 무슨 말이 필요할까. 여사장이 쯧, 혀를 차며 돌아섰을 때 선득하게 불어온 바람이 가게 입간판을 흔들었다.

살아가는 일은 고된 일이라, 지난 일을 잊고 또 잊지 않으면 살아갈 수가 없었다. 그래서 어른들은 쉽사리 잊었다. 자신들은 이미 잊었으니 아이들은 더 빨리 잊을 거라 생각하면서. 애들이 뭘 아느냐는 말을 아무렇지도 않게 해 대면서.

그들은 아이들이 때로 잊은 것이 아니라 잊은 척한다는 걸, 모르는 게 아니라 모르는 척한다는 걸 기억하지 못했다.

8

"가을이요? 못 봤는데."

편의점까지 쉬지 않고 내달렸는지 거칠게 숨을 내쉬는 하원을 균이 의아한 눈으로 바라보았다.

"아 미치겠네. 아줌마도 못 보셨어요?"

하원이 계산기를 두드리고 있는 균의 엄마를 보며 물었다. 균의 엄마는 마치 눈이 정수리나 이마에도 하나씩 더 붙어 있는 사람처럼 계산기에서 한시도 눈을 떼지 않고 대꾸했다.

"네 동생을 왜 여기서 찾아?"

하원은 목을 뒤로 젖혀 천장을 바라보며 한숨을 내쉬었다. 하늘이 노랗다는 게 어떤 의미인지 절실히 깨닫고 있는 중이었다.

"균아. 너 내 번호 알아?"

"왜요?"

"아, 번호 알아 몰라?"

"알아요."

"그럼 혹시라도 가을이 보면 바로 전화 줘. 바로 해야 된다, 어?"

불안함은 전염되는 감정이었다. 누군가를 향한 마음이 클수록 불안함도 더 커졌다. 균은 가을이 요즘 들어 뭔가 달라졌다는 걸 알고 있었다. 가을은 표정만으로도 분위기를 편안하게 만들고, 묻지 않아도 먼저 말을 꺼내고 싶게 할 만큼 귀를 기울이는 아이였다. 하지만 어느 날부터 과하다 싶을 만큼 말이 많아졌고 과도하게 웃어 댔다. 어쩐지 자꾸만 겉도는 것처럼 보였다. 하지만 그저 공부에 대한 스트레스가 극에 달한 거라고만 생각했다.

그러다 그 사고. 사고가 결정적이었다.

편의점을 덮쳤던 음주 운전 사고 때, 사람들은 간발의 차이로 가을이 살았다고 했지만 균은 한발 차이로 가을이 죽지 못한 걸까 봐 가슴이 서늘했다. 죽을 '뻔'했다는 것과 죽지 '못'했다는 건 하늘과 땅 차이니까.

그날 가을은 분명 길 위에서 아슬아슬하게 움직이는 차를 바라보고 있었다. 중앙선을 물었다가 다시 왼쪽으로 비틀거리는 불안한 차를, 가만히.

그걸 다 보면서도 가을은 움직이지 않았다. 놀란 균이 계산대에서 나가려던 순간 콰아 쾅, 하는 굉음이 울려 퍼졌다. 편의점이 절반 가까이 무너져 내렸고, 가을에게 아무 일도 없다는 걸 확인하기 전까지 균의 가슴도 무너져 내렸다. 다리가 떨리고 숨이 잘 쉬어지지 않던 그 순간에, 무슨 정신으로 밖으로 나가 가을의 손목을 붙잡았는지 기억이 나지 않던 그 순간에, 균은 분명히 들었다. 가을의 입에서 나온 그 희미한 이름을.

"박가을 너 괜찮아? 다친 데 없어?"

"누가 날 불렀는데…… 불렀는데."

"무슨 말 하는 거야? 너 괜찮냐고."

"그 애였는데."

"……뭐?"

균은 누구에게도 그 말을 하지 않았다. 가을이 차가 다가오는 걸 알고 있었다는 것도, 누군가의 이름을 말하던 가을의 얼굴이 마치 넋이 나간 듯 보였다는 것도.

심지어 가을에게조차 말하지 않았다. 말하지 않고 기억하지 않으면 없던 일이 될 것 같았다.

"가을이 연락 안 돼요?"

"없어. 연락도 안 되고 어디 갔는지 아무리 찾아도 없어. 아까 나갈 때 미친년처럼 나가서는…… 아 씨. 나가지 말라고 했어야 하는데."

"왜 그래요, 형? 무슨 일 있어요?"

좀처럼 흥분하는 일 없는 균이었지만 자신도 모르게 목소리가 커지고 있었다.

"가을이가 그걸 검색하고 있었더라고."

"그거요?"

"10년 전에 그 사건, 인터넷에 검색해서……."

돌연 텅, 하는 소리가 하원의 말을 가로막았다. 균의 엄마가 들고 있던 계산기가 바닥으로 떨어지면서 난 소리였다.

"하아…… 아니다. 하여간 가을이 보면 바로 전화 줘. 꼭!"

하원이 뛰쳐나가면서 편의점 문에 달려 있던 종이 마치 고함을 질러 대는 것처럼 철렁거렸다. 균은 입술 안쪽을 질근 씹으며 문밖을 바라보았다.

10년 전 그 사건.

입에 올리면 저주에라도 걸린다는 듯 모두가 외면해 왔던 그날의 일. 생각만으로도 가슴에 멍울이 맺혀 숨통을 조이는 것 같아 잊으려고 애썼던 일. 가을은 그 일을 잊지 않았던 걸까. 그래서 그랬던 걸까. 가을이 자꾸만 떠들고 웃어 댔던 건 잊지 못해서였을까. 웃거나 떠들지 않으면 울 것만 같아서, 두려워서 악착같이 소리를 높였던 것일까.

"좀 나갔다 올게요."

"가긴 어딜 가?"

"아까 엄마도 들었잖아요. 가을이 찾아야죠."

"오겠지. 설사 안 온다고 한들 그게 너랑 무슨 상관인데."

균의 엄마는 늘 그랬다. 감정이라고는 태어날 때부터 없는 사람처럼 균의 마음 따위 보듬어 준 적이 단 한 번도 없었다.

"다른 사람도 아니고 가을이에요."

"가을이가 뭐?"

"가을이는……."

"가을이 일에 신경 끄고 네 인생이나 신경 써. 세상에서 제일 멍청한 게 자기 인생은 건사도 못 하면서 남의 인생에 끼어드는 거야."

차가운 말은 균의 마음을 얼어 버리게 만들었다. 엄마의 말에는 늘 날이 서 있었고 매번 매서웠다. 그래서 균은 자라는 내내 마음을 다치고 긁히며 상처 입어야 했다.

"내가 내 인생 못 산 건 또 뭔데요. 엄마가 하라는 대로 다 하잖아요. 돈 벌라고 해서 몸으로 때우고 있잖아요."

균의 엄마는 늘 돈돈거렸다. 엄마의 입에서 가장 많이 나오는 말이 돈이었다. 판타지아가 문을 닫았을 때 제일 먼저 이 골목을 떠난 것도 엄마였다. 엄마는 판타지아 앞에서 하던 국밥집을 닫고 시내 중심가에 새로 국밥집을 열었다. 엄마의 국밥집은 24시간 365일 하루도 쉬는 날이 없었다. 엄마의 인생처럼.

"그건 당연히 해야 하는 거고. 세상 공짜로 살아지는 줄 알아?"

"엄마 진짜 이럴 때마다······."

엄마가 매서운 눈으로 균을 바라보았다. 균은 말을 잇는 대신 한숨을 내쉬었고 엄마는 다시 계산기를 두드렸다.

"얌전히 편의점 지키다가 아빠 내려오면 교대하고 들어가."

가을이 보이지 않는다는 말을 들었을 때 균은 제일 먼저 자신을 탓했다. 연락해 볼걸. 더 자주 연락하고 더 자주 안부를 물어볼걸. 괜찮냐고, 무슨 일 있냐고 물어볼걸.

하루에도 열두 번씩 휴대폰을 들었다 놨다 했던 균이었다. 마음 같아선 매일같이 연락하고 싶었지만 마음을 숨기려 애써 모른 척해 왔었다. 연락하다 보면 자기도 모르게 입 밖으로 마음을 꺼내 말해 버릴까 봐, 마음을 들켜서 어색해질까 봐, 그러다 결국엔 멀어질까 봐 두려웠다.

* * *

까르르.

술래잡기를 하듯 달렸다. 손끝에 옷깃이 닿을락 말락 했을 때, 가을의 입에서 웃음이 터져 나왔다. 아무 생각 없이 그저 행복해서 웃는 게 얼마 만이더라.

"으아, 그만해. 나 진짜 너무 많이 웃어서 배 찢어지려고 그래. 이렇게 노니까 춥지도 않다. 그치? 오늘 날이 좀 따뜻한가."

가을이 봄과 나란히 앉았다. 더는 노랫소리가 들리지 않는 텅 빈 놀이동산이었지만 둘의 웃음소리가 사방을 가득 채웠다.

"사실 나 요즘 좀 우울했다? 그냥…… 나도 잘 모르겠는데 좀 답답했어. 이렇게 사는 게 맞나 싶기도 하고. 근데 아무한테도 말을 못 하겠는 거야."

아무도 없는 놀이동산이 섬뜩하게 느껴질 때도 있었는데 친구와 함께 있으니 편안했다. 특별한 사람이 된 듯도 싶었다. 마치 놀이동산 전체를 통째로 빌리기라도 한 것처럼. 누군가 봄과 가을을 위해 공간을 비워 준 것처럼.

그래서였을까. 가을은 다른 사람들에게는 말하지 못한 마음을 오래된 친구에게 풀어냈다.

"차라리 어릴 때가 나았어. 그땐 세상이 해피엔딩인 줄 알았거든. 나쁜 사람은 벌을 받고 착한 사람은 복을 받는, 뭐 그런 뻔한 얘기 있잖아."

씁쓸한 말을 털어놓던 가을은 오래된 친구가 보내는 다정한 눈빛에 위로를 받았다. 위로받은 이들이 그러하듯 가을은 조금 더 솔직해질 수 있었다.

"그 뻔한 얘기가 사람들이 지어낸 가짜라는 걸 깨닫는 순간 세상이 와르르 무너지더라고. 그런 세상에서 어른이 되어 가는 게 이상하더라. 죄다 불안해. 그냥…… 이제 열아홉이라서 그런가. 다른 사람들은 다 자기가 갈 길이 어딘지 알고 있는 것 같은데 나는 아무리 생각해도 어디로 걸어가야 하는지조차 모르겠어."

열아홉이 된다는 건 단순히 십 대의 마지막을 보낸다는 의미가 아니었다. 수능을 치든 알바를 하든 무엇을 하든 모든 열아홉은 똑같은 시기를 보내고 있었다. 어른이 되기 전 마지막 시기를.

"봄아. 넌 어떤 어른이 되어 가고 있어?"

"……"

"난 잘 모르겠어. 어릴 땐 빨리 어른이 되고 싶었는데. 이게 뭐야, 아무것도 안 하고 이렇게 가만히 있기만 해도 어른이 된다는 게 말이 돼? 무슨 요술 방망이 뚝딱 휘두른 것도 아니고."

"……"

"다들 그냥 이렇게 어른이 된 걸까. 그렇게 어른이 되어도 되는 건가? 그래서 세상이 엉망진창인 건가. 진짜 어른도 아닌 사람들이 어른인 척 살고 있어서."

어린 시절에 어른은 많은 일을 할 수 있는 사람 같아 보였다. 어른은 자유로워 보였고 동시에 뭔가를 해낸 사람처럼 보였다. 하지만 어른의 삶을 고작 1년 남짓 남겨 둔 열아홉 살 가을은 어떤 어른도 될 준비가 되어 있지 않았다.

"가끔은 사는 게 지긋지긋해. 공부할 땐 그렇게 잊어버리지 말라고 하면서, 진짜 잊으면 안 되는 건 자꾸만 잊으라고 해. 잊어야 산다고. 잊으면 안 되는 것도 있을 텐데."

"……."

"근데 봄아. 너는 왜……."

어느 순간부터 웃음소리는 더 이상 들리지 않았다. 사락거리는 바람이 가을의 머리칼을 헝클이며 불어올 뿐이었다.

"왜…… 하나도 안 자랐어?"

9

"아니 그러니까. 따님이 아직 집에 안 들어왔다는 거잖아요."
경찰서에 도착한 가을의 아빠는 떨리는 마음을 다잡지 못하고 횡설수설했다. 경찰이 아빠에게 물 한 잔을 건넸지만 아빠는 한 모금도 넘기지 못했다.
"지금 우리 딸 찾아야 한다니까요."
"우선 진정 좀 하시고 천천히 이야기를 해 보세요. 보통 열아홉 살이 연락 안 된다고 하루도 안 돼서 실종 신고를 하지는 않거든요."
"애가, 인터넷에 다, 다…… 찾아보고 있었어요."
"그러니까 인터넷에 뭘 찾았다는 건데요? 무슨 일이 있었는지 말씀을 하셔야 한다니까. 그게 아니면 우리도 실종 신고를 막 해 드릴 수가 없어요."

 불안해하는 아빠를 보며 경찰은 정말로 딸이 사라진 건지 아니면 아빠의 정신이 오락가락하는 건지 알 수가 없었다.

 "그맘때 학생들이야, 부모님이랑 조금만 다퉈도 답답해서 집 나가는 일 허다하죠. 그때마다 저희가 실종 신고 접수할 수도 없고요."

 "그냥 나간 게 아니라니까요!"

 "자, 그럼 우리 이렇게 합시다. 열한 시까지 기다려 보고 그래도 연락이 안 된다 싶으면 그때 실종 신고 하는 걸로, 예? 우리도 저녁 순찰 돌 때 신경 좀 쓰라고 할게요. 우선 댁으로 돌아가셔서……."

 "10년 전에 이 동네서 애가 죽었어요."

 "네?"

 "아동 학대로 애가 죽었는데 죽은 애가 우리 딸 친구였습니다."

 아빠에게서 휴대폰을 건네받은 경찰이 액정을 뚫어져라 바라보았다. 검색 기록에 아동 학대, 아동 학대 사망 사건, 가해자 출소일 같은 것들이 수십 개나 떠 있었다.

 "이게 다 뭡니까?"

 "우리 딸이 친구 죽인 가해자들 출소일을 찾아보고 있었어요."

"예? 출소일이 언제인데요?"

"오늘요."

* * *

쾅 쾅 쾅.

"누구세요?"

현관문을 연 유경 엄마가 눈앞에 서 있는 가을 엄마의 얼굴을 보곤 의아한 기색으로 물었다.

"아니 이 시간에 웬일이에요?"

"가을이, 우리 가을이 혹시 여기 있어?"

"이 시간에 가을이를 왜 우리 집에서 찾아요? 집에 없어요?"

"유경이는?"

"유경이 요새 집에 없어요. 서울에 있지. 왜, 무슨 일인데요?"

벌써 밤 열 시가 넘어가고 있었다. 전화도 아니고 직접 집까지 찾아올 정도면 뭔가 많이 급하다는 의미였다.

"유경이 연락되지? 유경이한테 전화해서 혹시 우리 가을이 어디 있는지 아는가 한 번만 물어봐 줘. 유경 엄마 제발 부탁 좀 할게."

유경과 가을이 조금씩 멀어져 갈 때, 비단 아이들만 멀어진 것은 아니었다. 형님 동생 하며 절친하게 지내던 두 집 어른들

역시 조금씩 멀어졌다. 지나치면 서로 인사나 나누었지, 예전처럼 서로의 집을 오가거나 수다를 떨며 시간을 보내는 일이 최근에는 거의 없었다.

"무슨 일이야, 도대체. 우리 유경이 휴대폰도 학원에 내고 공부만 해요. 요즘 가을이랑도 연락 안 하는 것 같던데."

가을 엄마는 하늘이 무너지는 것 같았다. 동네를 샅샅이 뒤졌는데도 가을이 어디로 갔는지 제대로 본 사람이 없었다. 누구는 저 아래로 내려갔다고 하고 누구는 다시 올라가더라고 했다. 유경은 알고 있을지도 모른다는 실낱같은 희망으로 여기까지 달려오면서 몇 번이나 마음을 다잡았는지 몰랐다. 괜찮을 거야. 우리 가을이는 괜찮을 거야. 매서운 바람이 불어닥치는 가슴을 여미고 또 여미며 기도했던 엄마였다.

"우리 가을이가 사라졌어. 우리 가을이가……."

끝내 울음을 터트리며 주저앉는 가을 엄마를 보며 놀란 건 유경 엄마만이 아니었다. 거실에 점잖게 앉아 있던 유경 아빠마저 현관으로 걸어 나오게 만들었다.

"아니 언제부터요?"

"아까 낮에 나갔다는데 아무리 찾아도 없어. 우리 가을이 잘못됐으면 어쩌지, 우리 가을이……."

"아유 언니! 무슨 말을 그렇게 해요. 가을이한테 무슨 일이 있긴 뭐가 있어. 그냥 공부하느라 시간 가는 줄 모르고 있겠죠. 유경이도 예전에 그런 적 있어요. 다 컸는데, 아무렴요. 저희도 같이 나가서 찾아볼 테니까……."

"아니야, 아니야. 아무래도 느낌이 이상해. 우리 가을이가 알고 있었어. 어떻게 하면 좋아, 어떻게 해."

"뭘 알아요? 무슨 일 있었던 거예요?"

그리고 가을 엄마의 입에서 그 아이의 이름이 나오는 순간, 유경 엄마는 멈칫, 세상이 멈추는 느낌을 받았다.

"봄이…… 우리 가을이가 봄이를 다 기억하고 있었어."

"누, 누구요?"

"가을이가 봄이 엄마 아빠 출소일을 확인하고 있었어. 그 인간들이 오늘 출소하는 줄도 모르고, 나는 아무것도 모르고……."

그 순간 유경 엄마는 10년 전 그날을 기억해 냈다. 어린 유경이 눈물을 뚝뚝 흘리며 묻던 그날의 목소리를, 하늘이 빙글빙글 돌던 그때를. 다리가 벌벌 떨리고 눈앞이 노래지던 그때를.

"엄마, 봄이가 정말로 죽었어?"

경찰차와 구급차 소리에 온 동네가 숨죽였던 그날. 친구의 갑작스런 죽음을 아홉 살이던 딸은 받아들이기 힘들었을 것이다. 정말로 친구가 죽었냐는 물음에 엄마는 혀를 끌끌 차다가, 세상에 어떻게 이런 일이 있을 수 있느냐고 혼잣말하듯 중얼거렸을 뿐이었다.

온 동네가 시끄러운 동시에 조용했다. 사람들은 모일 때마다 죽은 아이에 대해 이야기하면서도 행여 어린애들이 들을까 목소리를 낮추었다.

밤마다 애 우는 소리가 들렸더라는, 이제는 아무 소용도 없는 말들이 골목을 떠다녔다. 어쩐지 이상하다 했어. 애가 작아도 너무 작았지. 툭하면 넘어졌다 그러더니 옷 아래 성한 데가 없었대. 그 집 부부 그렇게 안 봤는데 정말 사람 무섭다, 무서워. 그 추운 날에 옷도 제대로 못 입고 베란다에 며칠을 갇혀 있었다나 봐. 애 배 속에서 음식물이라고 나온 게 없었대. 어유 끔찍해. 어떻게 애한테 그럴 수가 있어? 그것들은 인간도 아니야, 인간도. 아홉 살이면 빤하지. 초등학교가 코앞이야. 걔도 그래. 아, 죽을 것같이 때리면 누구 하나 붙잡고 도와 달라고 하든가. 왜, 걔랑 붙어 다니던 애들 있잖아. 걔들은 알고 있었으려나? 에헤이, 조용히 좀 말해. 애들 다 들어.

큰 소리로 이름을 불러도 노느라 제 이름이 불리는 줄도 모르던 아이들이었다. 하지만 아무리 크게 소리쳐도, 속삭임보다 큰 소리는 없었다. 하지 말라면 더 하고, 그만하라면 계속하는 말괄량이들도 어른들의 속삭임을 모두 듣고 있었다. 어떤 이들의 속삭임은 잔인했고 어떤 이들의 속삭임은 슬펐다. 아이들은 그 속삭임들을 오랜 시간 듣고 또 들었다.

"엄마. 봄이가 왜 죽었어?"

유경이 처음 그렇게 물었을 때 엄마는 말문이 막혔다.

"그, 저기⋯⋯ 봄이가 좀 아팠대."

"아니야. 봄이 안 아팠어. 건강해. 우리가 계속 계속 같이 놀았는데."

"건강하긴 뭐가 건강해. 온몸에 멍이었다드만."

"왜? 봄이 몸에 멍이 왜 들었는데?"

"아유, 몰라 엄마도. 저기 놀이터 가서 놀아."

어린 유경은 징징대다 어느 날은 소릴 지르며 눈물을 마구 흘렸다. 봄이가 왜 죽었냐고, 사람이 원래 그렇게 갑자기 죽는 거냐고 대답하기 곤란한 질문들을 자꾸만 물어 왔다.

"엄마⋯⋯ 봄이 나 때문에 죽었어?"

"무슨 말도 안 되는 소리야. 봄이가 왜 너 때문에 죽어?"

"그럼 왜 죽었는데? 진짜 나 때문 아니야?"

문득 엄마는 두려웠다. 친구의 죽음에 대해 제대로 말해 주지 않는 게 딸아이에게 죄책감을 심어 주는 일이 될 수도 있다는 생각은 한 번도 해 본 적이 없었다. 어른들이 쉬쉬하며 하는 말들을, 딸은 모두 자기 탓으로 돌렸던 걸까.

그러다 엄마는 해서는 안 되는 말을 했다. 입 밖에 내는 순간에도 잘못됐음을 깨닫는 그런 말을. 다시 주워 담으려 아무리 애써도 사라지지 않을 말을. 평생 살아가며 후회하다, 눈을 감는 그 순간까지도 가슴을 칠 말을.

"아유, 봄이 엄마 아빠가 때렸대. 집에서 애를 얼마나 잡았으면 애가 죽어, 애가."

그 말이 딸아이에게 충격이 될 거라는 사실을 몰랐느냐고 묻는다면, 유경 엄마는 고개를 푹 숙일 것이다. 아니라고, 다 알고 있었다고. 그래서 말을 뱉는 순간에도 후회했고 지금도 후회하고 있다고 말할 터였다.

그 이야기를 들은 유경의 까만 눈동자가 흔들렸다는 걸, 유경이 고개를 숙인 채 방으로 들어가 오랫동안 소리 죽여 울었다는 걸 알고 있었으니까. 밤마다 악몽을 꾸는지 딸이 비명을 지르며 일어나는 일이 한동안 계속되었다.

엄마는 몇 날 며칠을 딸이 괜찮은지 자꾸만 들여다봐야 했다. 봄의 죽음을 함께 겪은 가을과 유경이 다시 붙어 다니는 모습을 보며 엄마는 안도했다. 유경은 자라는 동안 한 번도 봄의 이야기를 꺼내지 않았지만 아동 학대 뉴스만 나와도 채널을 돌리던 엄마였다. 이제 와 10년이나 지난 지금 다시 딸에게 트라우마를 안길 수는 없었다.

이기적이래도 할 수 없었다. 다른 사람은 몰라도 내 자식만큼은 속 편히 살았으면 하는 게 부모였다. 어떻게 잊었는데, 어떻게 괜찮아졌는데, 죽은 애 얘기를 다시 꺼내서 뭐 어쩌자고. 안 될 일이었다. 절대로.

무슨 정신으로 가을 엄마를 보냈는지 기억나지 않았다. 정신을 차렸을 땐 안방에서 유경에게 전화를 걸고 있었다. 열 시가 넘었으니 유경이 휴대폰을 돌려받았을 시간이었다.

"응, 엄마."

"유경아. 엄마 말 잘 들어. 지금부터 휴대폰 꺼 놓고 아무 전화도 받지 마."

"무슨 소리야, 갑자기?"

"꺼 놔. 전화 끄고 너는 공부만 해. 아빠 새벽부터 나가서 택배 일 하는 거 알지? 엄마 너 학원비 내려고 갈빗집에서 알바도 해. 엄마 아빠는 너 하나 보고 살아. 너 잘되는 거, 너 잘사는 거 그거 하나 보려고 사는 거야. 무슨 말인지 알지?"

"갑자기 왜 그래?"

유경은 말끝을 떠는 엄마의 목소리에 와락 불안해졌다.

"가을이한테 연락 와도 절대, 절대로 받지 마. 응? 엄마 부탁이야."

전화를 끊은 유경은 생각에 잠겼다. 엄마의 떨리던 목소리가 귓가에 그대로 맴돌았다. 적막한 고요 속에서 유경은 피가 날 때까지 입술을 깨물었다.

가을에게 무슨 일이 벌어진 걸까.

10

봄은 늘 집에 가기 싫어했다.
"조금만 더 놀자, 응?"
"엄마가 여섯 시 전에는 들어오라고 했어. 밥 먹어야 된대. 너도 빨리 들어가."
놀기 좋아하는 봄은 집에 가자는 말을 싫어했다. 아니, 집에 가자는 말만 들으면 얼굴이 허옇게 질려서는 도리질부터 했다.
"좀만 더 놀자. 제발. 내가 술래할게. 계속 내가 할게, 응?"
"야. 가을이가 가야 된다잖아. 나도 가야 돼. 넌 왜 집에 안 가?"
"더 놀고 싶은데……."
"쟤는 맨날 더 놀재. 어떻게 사람이 맨날맨날 놀아?"

"나 이제 배고파. 봄아 너는 배 안 고파?"

봄이 쭈뼛대고 있으니 유경이 눈을 흘기며 말했다.

"점심 먹는 거 못 봤어? 봄이 식판 가득가득 먹어. 거의 세 그릇 먹었을걸? 쌤들보다 더 많이 먹어. 추어탕 우웩, 맛도 없던데."

무심코 한 말이 평생 자신을 괴롭힐 줄은 몰랐다. 유경은 추어탕이라고 적힌 식당 간판만 보아도, 급식실에서 밥만 먹어도, 놀자는 아이들의 목소리만 들어도 봄이 죽기 전날로 돌아갔다. 같이 놀자, 라는 말에 온몸에 소름이 돋는다는 사실을 아무에게도 할 수 없었다.

부모님 이야기를 하지 않던 아이.

늘 조금만 더 놀자고 하던 아이.

언제나, 언제나 다쳐서 오던 아이.

결석이 잦던…… 내, 친구.

봄.

봄은 소곤거리는 계절이었다. 여기저기서 돋아난 새싹이 연둣빛으로 반짝이고 노랑 분홍 꽃잎들이 바람에 살랑였다. 따스하게 내려앉는 봄볕에, 생명들은 소곤소곤 살아 있음을 알렸다. 더 크게 자랄 준비가 되었다는 듯이, 더 밝게 피어날 준비가 되었다는 듯이.

그래, 봄은 자라는 계절이었다. 얼어붙었던 세상도 녹고 멈

줄 것 같던 생명도 기어이 자라나는 계절. 그 계절에 태어난 봄은, 끝내 자라지 못했다.

"입 다물어. 우는 소리 듣기 싫다고 했지!"

엄마라는 탈을 쓴 악마는 두려움에 떠는 작은 아이의 입을 틀어막으며 소리쳤다. 어떤 끔찍한 고통을 당해도 봄은 울어선 안 되었다. 엄마가 울음소리를 싫어하니까.

그런데 아무리 입을 막아도, 울지 말아야지 다짐하고 또 다짐해도, 새어 나오는 두려움은 막을 수가 없었다.

"흐으윽."

"내 말 무시해? 조용히 하라고 했잖아, 조용히! 듣기 싫어 죽겠어. 네 징징대는 소리 듣기 싫다고!"

사람들이 아는 봄의 엄마는 다정한 사람이었다. 딸에게 다정했고 사람들에게 다정했다. 자주 웃었고, 웃을 때마다 눈꼬리가 둥글게 휘어졌다. 참 좋은 엄마라고 사람들은 입을 모았다.

밖에서 좋은 사람이던 봄의 엄마는 집에 들어가면 가면을 벗어 던졌다. 엄마가 눈을 날카롭고 매섭게 부릅뜨기 시작하면 봄은 입을 꾹 다물었다. 엄마는 소리에 예민한 사람이었다. 어느 날은 봄이 엄마, 하고 부르기만 해도 소리를 질렀다. 놀란 봄이 눈을 동그랗게 뜨고 얼어붙으면, 누가 엄마를 그딴 눈으로 바라보느냐고 했다.

"네가 문제야. 늘 네가 문제라고. 그렇게 쳐다보지 말라고 했지! 누구 미치는 꼴 보고 싶어서 그래?"

엄마는 집에 있는 것들을 작은 아이에게 휘둘렀다.

"짜증 나게 하지 말라고 몇 번을 말해. 그래, 언제까지 울 수 있나 어디 한번 해 보자."

사람들은 봄이 엄마를 닮아 잘 웃는 아이라고 했다. 어찌나 환히 웃는지 세상이 밝아지는 것 같다면서.

"근데 애가 왜 저렇게 작아? 애가 잘 안 먹어? 아유 입 짧은 애들 있어. 잠 안 자고 입 짧은 애들이 제일 키우기 까다로워."

봄의 아빠는 사람들의 말에 귀 기울이는 사람이었다. 누구보다 성실하게 일하는 사람이었고 한번 시작한 일은 완벽하게 끝내는 솜씨 좋은 목수였다. 사람들은 손끝이 야무지다고 봄의 아빠를 칭찬했다.

"아유 무슨 소리. 애들한테 들어 보니까 봄이가 학교에선 밥을 그렇게 잘 먹는대. 집밥이 영 맛이 없는 거 아니야? 애 엄마한테 잘 좀 챙겨 주라고 해. 애들이 엄마 밥 먹고 크지, 남의 밥 먹고 크는 거 아니야."

"예. 신경 쓰라고 할게요."

사람 좋은 얼굴로 너털웃음을 짓는 봄의 아빠를 사람들은 어리숙하다고 했다. 무슨 말을 해도 허허 웃고 만다면서, 속 좋은 사람이라고 했다.

봄의 아빠는 속 좋은 사람이었다. 그리고 자신보다 약하고 자신보다 힘없는 이에게 그 속을 뒤집어 꺼냈다. 결코 사람 좋다고는 할 수 없는 얼굴로, 눈을 허옇게 까뒤집으면서.

"애 밥은 안 차려 주냐? 어? 애 작다고 사람들이 다 한마디씩 하잖아. 듣기 싫어 죽겠어. 애 좀 잘 처먹이라고!"

아빠가 욕을 퍼붓던 날에 엄마는 주방에 들어가 냉장고 속 반찬들을 모조리 꺼내 누렇게 말라붙은 찬밥과 섞었다.

"다 먹어. 하나도 남기지 말고 다. 알아들어?"

음식물 쓰레기처럼 섞인 밥을 먹다 봄이 헛구역질이라도 하면, 엄마는 매를 들었다. 엄마의 매는 어깨로 날아오다가도 다리로 떨어지기도 했다. 어디에서 어디로 날아드는지 종잡을 수 없어서 봄은 매질을 그대로 다 받아 내야 했다. 높이 쳐든 매가 봄의 몸을 날카롭게 휘감을 때면 휘휘 하는 휘파람 소리가 났다. 봄은 울음소리가 밖으로 새어 나가지 않도록 손으로 입술을 막았다. 엄마 아빠가 제일 싫어하는 소리가 울음소리였으므로.

"울어? 네가 울어? 먹으라는 밥은 안 처먹고 왜 울고 지랄이야?"

"잘못했어요. 아빠, 다 먹을게요. 안 울게요. 잘못했어요."

"네가 덜 맞아서 그러지?"

봄의 아빠는 그런 끔찍한 말을 뱉어 대다가 봄을 더 아프게 만들 만한, 더 공포스럽게 만들 만한 뭔가를 찾아냈다. 아이가 겁에 질려 찍소리도 못 하도록, 숨도 쉬지 못할 만큼 온몸을 웅크리도록. 사람들이 애 우는 소리 시끄러워 못 살겠다는 말 한마디라도 하면, 너는 그날로 죽는 거라면서.

방학이던 어느 날에는 엄마 아빠 음식을 탐했다며 사흘 동안 한 끼도 먹지 못하기도 했다. 배고픔을 견디다 못해 늦은 밤 몰래 방에서 나와 냉장고를 열었을 때, 텅 빈 냉장고에서 흘러나오는 차가운 한기에 봄은 더 큰 허기를 느꼈다. 더는 참지 못하고 냉장고에 있던 김치를 밥도 없이 먹어 대다 들켰을 때, 엄마와 아빠는 정말이지 사람 같지 않은 눈으로 섬찟한 흰자위를 드러내며 아이에게서 김치 통을 빼앗았다.

"네가 덜 굶었지?"

고춧가루로 시뻘게진 아이의 입을 경멸하듯 바라보며 그들은 주먹을 휘둘렀다. 부모란 이들이 무릎을 꿇고 빌고 또 비는 작은 아이의 몸을 짓이겼다. 그날 안방의 작은 테이블에는 아직 따뜻해서 모락모락 김이 나는 보쌈이 가득 차려져 있었다.

하지만 정말로 무서운 건 그런 게 아니었다. 악마 같은 인간들이 한 아이의 영혼을 부수고 짓밟은 것보다 훨씬 무서운 건 따로 있었다.

"그래도 우리 엄마 아빠, 화 안 낼 때는 착해. 잘해 줄 때도 있어."

작은 아이는 싸늘한 베란다에 쓰레기처럼 버려져 있던 순간에도 행복하던 때를 떠올렸다. 친구들과 함께 뛰놀던 놀이터와 웃음이 가득하던 교실, 따스한 냄새를 풍기던 급식실까지. 흘러내리는 눈물을 닦아 내면서 봄은 작게 노래를 흥얼거렸다. 노래는 스스로에게 주는 작은 선물이었다.

그날 매서운 한파 특보가 내렸다. 사방이 얼어붙을 거라는 뉴스가 계속되던 날, 무슨 이유로 쫓겨났는지 기억도 나지 않을 만큼 사소한 일로 봄은 벌거벗겨진 채 베란다로 쫓겨났다. 봄은 쪼그려 앉아 다리를 모으고 스스로를 껴안았다. 굳게 잠긴 문을 보면서 봄은 부모님을 미워하는 대신, 엄마 아빠가 다정했던 때를 떠올렸다. 엄마 아빠가 화를 내지 않던 때를, 판타지아에서 엄마 아빠의 두 손을 잡고 걷던 때를.

그런 생각들을 하면서, 엄마 아빠한테서 벗어나게 해 달라는 기도 대신 엄마 아빠가 싫어하는 행동을 안 할 수 있도록 도와 달라는 기도를 하면서, 그렇게 봄은 조금씩 차갑게 식어 갔다.

그날, 봄이 살려 달라고 빌었다면 신은 그 작은 아이를 도왔을까.

"봄아. 이제 안 아파?"

가을은 아홉 살 이후 전혀 자라지 못한 작은 아이를 바라보았다. 너였구나, 내 꿈속에 나타나 울던 애가. 사고 나던 날 내 이름을 불렀던 목소리도, 전부 다 너였구나.

봄은 대답하지 않았다. 대신 다리를 흔들며 나직이 노래를 흥얼거렸다. 10년 전 함께 불렀던 노래 그대로.

가을은 꿈속에서 듣던 울음소리를 기억해 냈다. 아프면 아프다고, 무서우면 무섭다고 봄이 큰 소리로 울기라도 했으면 좋으련만, 입을 꾹 틀어막은 채 새어 나오는 울음을 참았을 봄을 생각하면 가슴이 미어졌다. 봄은 슬픈 얼굴로 가만히 가을을 바라보았고 가을은 봄에게 돌아갈 집이 없다는 걸 떠올렸다.

"그날 혼자 두고 가서 미안해. 너 혼자 두고 가지 말걸."

추웠겠다. 이렇게 추운데, 아무 데도 못 가고 여기서 혼자 놀고 있었구나. 나를 기다리고 있었구나. 같이 놀자, 내 이름을 부르고 또 부르면서. 너 혼자…….

"나 집에 가지 말까?"

아무 데도 안 갈래. 내가 그때처럼 떠나 버리면, 나 혼자 집에 가 버리고 나면, 그 사람들이 또 널 찾아올지도 모르잖아. 너 그렇게 만든 아줌마 아저씨가…… 나왔대. 너는 아홉 살에서 한 살도 자라지 못했는데, 고작 10년을 감옥에서 살다가 나왔대. 그게 벌을 다 받은 거래. 나쁜 사람들이 받는 벌이 겨우 그런 거면 안 되는 거잖아.

가을은 이번에는 봄을 홀로 두고 가지 않기로 했다.

"여기 있을게. 네 옆에."

* * *

　요란한 바람이 휘이이, 창문을 뒤흔들고 자취를 감추었을 때 딸랑, 딸랑 희미한 방울 소리가 신당을 깨웠다. 동물과 신령의 형상을 한 동상들로 가득 찬 방 안에 향냄새가 진동했다.
　양반다리를 하고 앉은 애기 동자는 몸을 이리저리 흔들며 알아들을 수 없는 말을 쉴 틈 없이 중얼대고 있었다. 그때 지이잉 휴대폰이 울렸고 액정에 뜬 글자를 읽은 애기 동자의 얼굴에 그늘이 짙게 드리워졌다.

안전 안내 문자
실종된 박가을(여, 만 17세)을 찾습니다.
164cm 53kg
흰색 패딩, 검정 바지 / ☎112

11

"사장님, 여기 무슨 일 났나 본데요."

고기를 굽던 손님이 유리 너머 밖을 바라보며 물었다. 사이렌 소리는 들리지 않았지만 빨간색과 파란색 불빛이 번쩍이며 골목을 돌아다니고 있었다.

"아이, 일은 무슨 일요. 그냥 순찰 돌겠지."

"아닌데. 경찰차가 두 대는 되겠는데요. 맞다, 아까 무슨 실종 문자 오는 것 같던데."

"그랬나. 안전 문자가 하도 오니까 이제 읽어 보지도 않아. 그러고 보니까 여기 얼마 전에도 사고 한번 크게 났던 것 같은데. 저기 문 닫은 놀이동산에서 술 먹은 젊은 애들이 음주 운전으로 건물 박살 낸 거."

"그 뉴스 나도 봤어. 그게 여기였어? 이 조그만 동네에 무슨 일이 이렇게 많이 난대. 우리도 빨리 먹고 일어나자. 괜히 찝찝해."

손님들의 말에 갈빗집 주인 내외가 걱정 말라며, 얼른 손사래를 쳤다.

"우리 동네가 얼마나 조용하다고요. 여기 살면서 사건 사고 들어 본 적이 없어. 그 음주 운전이 처음이었어 처음. 진짜예요. 여기는 태풍도 그냥 지나가는 동네야. 여기, 내가 사이다 한 병 서비스로 줄 테니까 마음 쓰지 말고 고기 드세요. 내가 밖에 무슨 일인지 알아보고 올게."

아주머니가 남편에게 신경 좀 쓰라는 눈짓을 보내고는 얼른 문밖으로 달려 나갔다. 안 그래도 자꾸 추워지는 통에 손님도 뜸한데 무슨 일인지 예민해졌다.

경찰 두어 명이 가게마다 다니며 뭔가를 묻고 있었고, 경찰차 불빛에 호기심이 동한 사람들이 외투를 껴입고서 거리에 나와 있었다.

"무슨 일이야?"

"가을이 찾으러 다닌대."

"누구?"

"가을이. 왜, 저짝 아파트 사는 애 있잖아. 그 판타지아 안전성 검사 감독했던 공무원 딸내미."

먼저 나와 있던 연탄구이집 사장이 코끝을 찡긋대며 말끝을 흐렸다. 그 말에 갈빗집 안주인의 얼굴이 구겨졌다. 이 동네에서 가을 아빠는 판타지아를 문 닫게 만든 장본인이자 원수 같은 사람이었다. 그놈의 안전 진단인지 뭔지, 사람이 융통성이 있어야지. 아주 저만 잘났어, 저만!

사람들은 설령 안전 진단 결과가 D등급으로 나왔어도 감독자인 가을 아빠가 무언가 조치를 취했어야 했다고 여겼다. 하다못해 시간이라도 벌어 줬어야 하는 게 아니냐며, 동네 상권이 죽어 버린 게 모두 가을 아빠 탓이라도 된다는 듯이.

"그 집 애가 왜?"

"없어졌대. 애 엄마가 애 찾으러 다니고 난리더라고. 아까 우리 집에도 다녀갔어."

"그 집 애 다 크지 않았어? 지난번에 편의점 사고 때 보니까 완전 아가씨던데."

"열아홉. 낮에 나가서 아직 안 들어왔다나."

"아, 조금 있으면 들어오겠지. 저 집안은 유난 떠는 게 가풍이래? 판타지아도 뭐 사람이 다치니 어쨌니 온갖 유난을 떨면서 문 닫게 만들더니만."

갈빗집 안주인은 요즘 사람들이 자식을 너무 품 안에서 키우려 든다고 생각했다.

"고작 연락 몇 시간 안 된다고 유난은 아유."

"동네에 마가 꼈어. 그게 아니고서야 사건 사고 없이 조용하던 동네에 이 소란이 있을 수는 없는 거야. 굿이라도 하든지."
"굿은 뭐 공짜야? 다 돈이지, 돈."
"부녀회장 말이 사거리 애기 동자가 저 집 딸한테 귀신 붙었다고 그랬대. 조심하라고. 나는 아무래도 찝찝해. 동네가 자꾸 기울잖아. 판타지아 문 닫고 나서부터는 될 일도 안 돼. 이거 이렇게 가다가는 다 망한다니까? 단체로 회비 걷어서 크게 굿이라도 해야지."
"굿 같은 소리 하네. 나 돈 없어! 한 푼도 못 내. 먹고 죽으래도 없어. 아주 웃기고들 앉았어."
숯불갈비 골목도 예전 같지 않았다. 주말 저녁이면 판타지아에 놀러 온 가족들이 줄을 섰던 골목이지만 이제는 손님 그림자 구경하기도 어려웠다. 놀이동산 하나가 문을 닫았다고 수십 개 간판에 불이 꺼지는 걸 눈앞에서 겪었다. 매일 출근할 때면, 이 골목에도 불이 꺼지는 날이 그리 머지않은 미래처럼 느껴졌다.
"그럼 이 난장판을 그냥 보고 있을 거야?"
"그 꼴도 못 보지. 이봐요! 여기 경찰 양반 저 좀 봅시다."
갈빗집 안주인이 팔짱을 낀 채 불만스레 경찰을 불렀다.
"여기 도둑 들었어요? 왜 경찰차는 줄줄이 나와 가지고 난리야?"

"학생이 실종돼서 찾는 중입니다. 혹시, 박가을이라는 학생 아세요? 이 동네 오래 살았다던데."

"알지. 아주 잘 알지."

"오늘 학생 보신 적 있으세요? 가게 CCTV는 되는 거죠?"

"우리 집 CCTV까지 보려고?"

"다른 이유는 아니고요. 학생 동선을 좀 따 보려고요."

"가을인지 여름인지, 걔는 어디 독서실 같은 데서 공부나 하고 있겠지. 걔 찾는다고 이렇게 순찰차가 골목 골목 다니고 경찰이 2인 1조로다가 가게마다 문을 두드리면, 예? 어느 손님이 마음 편히 고기를 먹어요, 고기를! 우리는 뭐 굶어 죽으라는 뜻이에요, 뭐예요? 그 집 아빠가 공무원이라서 서로 편들어 주고 그러나 본데 나는 이거 용납 못 해요."

"아니 그런 게 아니고요, 사장님."

"아니면? 아니면 뭔데 열아홉 살짜리가 집에 안 들어왔다고 온 동네를 경찰이 헤집고 다녀?"

"사라진 학생이 혹시라도 나쁜 마음 먹었을 가능성이 있어서 저희도 긴급하게 찾는 중이고요."

경찰의 말에 갈빗집 안주인도 놀란 듯 한 발 물러섰다. 요즘 애들이 어쨌니 저쨌니 하는 안 좋은 뉴스들이 떠오른 탓이었다.

"지금 나 겁주려고 그러는 거예요? 애가 무, 무슨 나쁜 마음을 먹어."

 갈빗집 안주인이 이마에 손을 얹고 세상에서 가장 어이없는 말을 들은 사람처럼 입을 쩍 벌렸다.

 "아구, 나 죽네 죽어. 아주 가게 망하라고 고사를 지내, 고사! 안 그래도 손님 없어 죽겠는데 음주 사고에, 실종에. 왜, 아주 이 동네가 범죄 소굴이라고 방송을 하지. 이게 무슨 개떡 같은 경우야. 우리 가게 망하면 경찰이 책임져요? 책임져?"

 그런 식이었다. 두 집 걸러 한 집에서 경찰에게 삿대질을 하거나 문을 닫아 버렸다. 소문나서 뭐 좋을 게 있냐고, 금방 들어올 열아홉 살짜리 애 하나 때문에 온 동네를 들쑤신다고. 사춘기니 뭐니, 한창 그럴 때 아니냐고. '그럴 때'라는 말로 흔들리는 이들의 어지러움을 흔한 방황으로 만들고, '그럴 때'라는 말로 고단한 마음을 무시하면서.

 하필 그 순간을 하원이 듣고 있었다. 사라진 아이를 찾느라 애간장이 다 녹아내린 가족의 마음 따위는 안중에도 없는 이들의 말을 듣지 않았다면, 그저 무시하고 지나가 버렸다면 상처받지는 않았을 텐데. 하원은 그대로 못 들은 척 지나갈 수가 없었다.

 "아줌마!"

 버럭 소리를 지르며 하원이 성큼 다가왔다. 어떻게 사람들이 이럴까. 제 동네에서 꼬맹이 때부터 뛰어놀던 아이가 사라졌는데 어떻게 눈 하나 깜짝이지 않고 장사 이야기를 꺼낼 수 있을까.

"아유 깜짝이야. 뭐야 또?"

"애가 없어졌다잖아요!"

"지금이 열두 시야, 새벽이야? 애 하나 안 들어왔다고 온 동네를 헤집고 경찰 부르고. 이게 제정신이야? 조용히 좀 살자, 제발!"

"아줌마 딸이래도 그래요?"

"이게 무슨 개매너야. 그래 내 딸이래도 그런다! 그리고 나는 딸 없어!"

아악! 악에 받친 하원이 상가 앞에 놓인 풍선 간판을 발로 걷어차며 소리 지르자 놀란 아주머니가 삿대질을 했다.

"버르장머리 없이, 어딜 차? 너 이게 얼마짜린 줄 알아? 너 이거 물어내. 물어내라고."

지긋지긋하게 이기적이고 끔찍하게 계산적인 사람들. 오로지 먹고사는 문제와 그놈의 돈 돈 돈. 아무도 굶지 않는데 곧 굶어 죽을 것처럼 아득바득 이를 갈고 서로에게 손가락질을 하는 사람들이 싫었다. 평생을 보고 지낸 이웃들이 오로지 자신들의 이익에만 관심을 가지는 모습에, 정말이지 하원은 진절머리가 났다.

대설 주의보 발령에 따라 밤사이 많은 눈이 내릴 것으로 예상됩니다. 특히 북극 한파가 몰고 온 거대한 눈구름이 한반도를 뒤덮으면서 체감 온도는 훨씬 낮을 것으로 예상됩니다. 농작물 피해 없도록 주의하시길 바라며…….

추위의 가장 끔찍한 점은 사람들이 문을 닫는다는 것이다. 안락하고 따뜻한 장소를 위해 창문을 닫고 커튼을 쳐서 밖과 차단하는 것이다. 만약 봄이 죽어 가던 날이 겨울이 아니었다면, 모두가 창문을 여는 날이었다면, 누군가 오래도록 들려오던 작은 아이의 울음소리를 들을 수 있었을까.

그랬다면 아이는 마지막 숨을 내쉬던 순간에 울지 않을 수 있었을까. 그랬다면 아이는 부러진 갈비뼈를 안고 살점이 뜯길 것 같은 고통 속에서 추위로 몸을 웅크리지 않을 수 있었을까. 그랬다면 마지막만큼은 아주 조금이라도 덜 아팠을까.

10년 전 작은 아이가 죽어 가던 그날처럼, 한파가 몰아닥쳤다.

"가을아! 박가을!"

골목 가득 울려 퍼진 이름은 날 선 바람 소리에 묻히고, 가족들의 애간장을 다 태우겠다는 듯 뉴스에서는 대설 주의보가 연신 안내되고 있었다.

12

 어둠 속에서도 바람은 매섭게 불었다. 겨울바람이 사람들의 몸을 때리고 머리를 헝클이며 소리를 악악 질러 대는 통에 골목은 인적이 사라져 텅 비어 있었다.
 "아유 왜 이렇게 추워. 오늘 좀 일찍 들어가자."
 "벌써?"
 "이 날씨에 누가 고기 먹으러 와? 전기세만 아깝지. 그냥 일찍 접어. 글렀어. 하여간 날씨도 안 도와줘요, 날씨도."
 숯불고기 골목에서는 연말연시가 대목인데, 연초부터 음주 운전 사고가 터지며 손님들의 발길이 뚝 끊겼다. 경찰은 음주 단속을 철저히 하겠다고 했고, 고깃집 주인들은 그게 옳다는 걸 알면서도 볼멘소리를 해 댔다.

"이건 뭐 살라는 건지 죽으라는 건지."

투덜대며 설거지를 하던 안주인이 슬그머니 고무장갑을 벗으며 남편에게 물었다.

"애는 찾았대?"

"아직 못 찾았나 봐. 여즉 찾는 모양이던데."

"여태? 밤새 눈 온댔는데. 아유……."

세상에 먹고사는 일보다 중요한 일이 어디 있냐며 외면했던 사람들에게도 위이잉 부는 바람 소리가 마치 가을아, 하고 부르는 목소리 같았다.

그사이 눈발이 날리기 시작하고 딸아이를 잃은 엄마는 울다가, 울다가 끝도 모르고 무너지고 있었다.

추워서 어떡해.

우리 가을이 추워서 어떡해.

하지만 모두가 그런 것은 아니었다. 모두가 운명 따위에 삶을 맡기는 건 아니었다.

실종된 사람을 찾는다는 안전 안내 문자를 천천히 읽은 사람. 그 문자 하나에 누군가의 간절함과 애간장이 녹아 있음을 잘 아는 이가 다급히 집을 나섰다. 집 앞에는 낡은 리어카가 덩그러니 놓여 있었다.

＊ ＊ ＊

　대설 주의보가 내렸다는 뉴스를 들었을 때, 균은 더 이상 망설이지 않고 자리에서 일어나 외투를 껴입었다. 그런 균에게 엄마가 으르렁대듯 낮은 목소리로 말했다.
　"쓸데없는 짓 말고 집에 가. 늦었어."
　"가을이 아직 못 찾았다잖아요."
　"걔가 너랑 무슨 상관이라고."
　엄마는 더 매정하게 굴었다. 10년 전 봄이 차가운 주검으로 발견되던 날. 경찰이 온 동네에 깔리고 사람들이 속닥대던 날. 그날을 균의 엄마는 절대 잊을 수 없었다.
　전남편은 끔찍한 사람이었다. 다정한 듯 굴다가도 제 마음에 들지 않는 게 있으면 분이 풀릴 때까지 화를 냈다. 처음엔 욕이었고, 다음은 주먹이었다. 한번 주먹질을 하고 나자, 그다음부터는 마치 누군가에게 그래도 된다고 허락이라도 받은 것처럼 시도 때도 없이 분노를 토해 냈다.
　임신을 하고 나서는 조금 달라지는가 싶기도 했다. 좋은 아빠가 되고 싶다던 전남편의 말을 믿은 것도 그 때문이었다. 아이에게 아빠가 필요할 거라고 생각했고 모든 게 다 잘되리라 여겼지만 전남편은 아이가 태어나자 훨씬 더 무섭게 변했다. 애가 우는 게 시끄럽다고, 기저귀 값이 많이 나간다고, 어디서 징징대기만 하는 걸 낳았냐고.

그래도 전남편은 아들에게까지 손찌검을 하지는 않았다. 그 때문에 엄마는 끔찍한 결혼 생활을 참아 냈다. 적어도 애는 안 때리니, 그러면 된 것 아니냐고.

"너만 잘하면 아무 문제도 없어. 알아?"

전남편은 모든 폭력이 균의 엄마 때문이라 말했다. 네가 착하지 않아서, 네가 거슬리게 굴어서 이러는 거라고. 그때마다 엄마는 더 착해져야 한다고 다짐했다.

엄마는 착한 사람이었다. 사람들에게 얼굴을 붉히지도, 화를 내지도 않았다. 균이 네 살이 되었을 무렵 전남편이 던진 술병에 균이 다쳤을 때도 참았다. 견디면, 견디기만 하면 될 줄 알았다. 균을 위해서라면 뭐든 할 수 있다고 생각하면서, 그게 아이를 지옥에 남겨 두는 일인 줄도 모르고 엄마는 악착같이 참고 또 참았다. 전남편이 아무리 욕을 내뱉고 발길질을 해도 균만 지킬 수 있으면 된다고 여겼다.

아빠가 화를 낼 때면 어린 균은 엄마를 부르며 울고 또 울었다. 두려움에 몸을 떨며 우는 아이를 전남편은 전에 없이 짐승 같은 눈으로 바라보았다. 이윽고 그 발톱이 어린 균을 향했을 때, 숨이 꺽꺽 넘어가는 아이를 바닥으로 내팽개쳤을 때, 엄마는 깨달았다. 견디기만 하는 건 아이를 위한 일이 아님을. 그날 밤 엄마는 균을 품에 안고 무작정 밖으로 뛰쳐나왔다.

"친구 일에 일일이 다 신경 쓰고 어떻게 살아? 네 친구가 밥 먹여 준대? 돈 벌어 준대? 실종 신고 들어갔으면 경찰이 찾을 거고 너까지 안 나서도 돼."

"……엄마."

아들의 목소리에 입술이 파르르 떨렸다. 10년 전 봄이 죽던 날, 엄마는 그날 봄이 아니라 아들이 죽은 것만 같았다. 재혼을 한 지 3년도 채 되지 않은 날이었다. 전남편에게서 도망쳐 안전하다고 생각하던 엄마의 가슴 깊은 곳에서 다시 불안이 솟구쳤다. 불안함이 온몸으로 번지면서 모든 게 변하기 시작했다. 균에게 든든한 버팀목이 되어 줄 것 같던 새 남편의 커다란 덩치는 위협으로 다가왔다.

전남편처럼 지금의 남편도 언제고 변할지 모른다는 생각이 들었다. 그때부터 지금까지 엄마는 한시도 마음을 놓지 못했다. 행여 남편이 변할까 봐, 균이 남편에게 미움을 받을까 봐. 엄마는 예민해졌고 남편과 아들이 가까워지는 것을 꺼렸다. 균이 새아빠에게 조금이라도 장난을 치면 몇 배는 크게 혼을 냈다. 남편이 제 돈으로 남의 아들을 키운다 생각할까 봐, 몇 배는 더 일을 했다. 악착같이 돈을 벌고 악착같이 균을 지켰다. 엄마는 고단한 삶을 견디며 매일같이 균이 빨리 크기만을, 어떤 폭력에도 당하지 않기만을 바랐다.

"시끄러워. 엄마가 가지 말라면 가지 마."

균이 고개를 들어 엄마를 바라보았다. 엄마는 포스기만 뚫어져라 보고 있을 뿐이었다. 다른 곳에 눈길을 두지 않고 서로를 바라보며 이야기하던 때가 있기는 했는지 기억도 나지 않았다. 이야기를 할 때면 엄마는 늘 다른 곳을 보고 있었고 균은 늘 고개를 숙이고 있었다.

"……싫은데요."

엄마의 시선이 균을 향했다. 균 역시 엄마를 똑바로 마주 보았다. 균은 엄마와 이렇게 눈을 맞추는 날을 종종 생각했다. 머릿속에서는 지금처럼 서로를 향해 상처 주고, 상처 입은 눈길로 바라본 적이 단 한 번도 없었다.

"네가 간다고 뭐가 달라질 것 같아? 똑같아. 너 하나 더 찾는다고 없어진 애가 어디서 뚝 떨어지는 게 아니라고."

"……."

"사람들 다 착한 사람 좋아하는 것 같지? 아니야. 착한 사람은 등신 천치라 부려 먹기 좋으니까, 너도나도 착하게 살라고 헛소리하는 거라고. 너는 이기적으로 살아. 남 일에 관심 가지지 말고 너만 건사해."

그건 진심이었다. 엄마는 정말이지 균만, 균 하나만 잘 살면 된다고 생각했다. 균을 더는 보호하지 않아도 되는 날이 오면, 엄마는 아무 일도 하지 않고 하루 종일 침대에 누워 잠을 자는 것이 소원이었다. 잠을 자고 TV를 보고 화분에 물을 주면서,

햇살이 얼마나 따뜻한지 느끼면서, 쉬다가 너무 오래 쉰 것 같아 몸을 일으키고 싶을 때까지 쉬어 보고 싶었다.

"엄마는 안 부끄러워요?"

"뭐?"

"아들 친구가 실종됐다는데 걱정되는 마음 같은 건 눈곱만큼도 없어요? 다른 사람이야 어떻게 되든 말든 그저!"

균의 목소리가 떨리고 있었다. 그건 무언가를 애써 참느라, 온 힘을 다해 참아 내느라 생긴 떨림이었다.

"아들한테 이기적으로 살라는 말을 하는 게 정말…… 조금도 부끄럽지가 않아요?"

아들에게 저런 눈이 있었던가. 엄마는 진심을 이야기하는 눈은 이토록 말문을 막히게 한다는 사실을 처음 알았다.

"엄마가 그럴 때마다 저는요, 너무 부끄러워요. 쪽팔려 죽겠다고요."

소름이 돋았다. 자신이 부끄럽다는 말에 엄마는 너무 많이 무너져서 더는 무너질 수 없을 줄 알았던 마음이 또다시 무너질 수 있다는 걸 깨달았다. 그래서 편의점 문이 열리고 리어카 할머니가 뛰어 들어와 균을 붙잡고 뭐라 말을 하는 동안에도 아무 말도 할 수가 없었다. 엄마는 마치 저주에 걸려 얼어붙은 사람처럼 멈춰 있었다.

"애기 아직 못 찾았지? 왜, 얼굴 뽀얀 애기. 그때 편의점에서

봤던 친구."

아픈 무릎으로 얼마나 다급히 달려왔는지, 할머니가 숨을 거듭 몰아쉬며 물었다.

"네. 혹시 보셨어요?"

"아까 낮에, 저쪽 판타지아 쪽으로 걸어가는 거야. 거기 뭐가 있다고 가나 싶어서 한참 봤어. 이걸 누구한테 이야기해 줘야 하는지도 모르겠고……."

가을을 무심히 지나쳤던 사람들과 달리, 비틀대며 걸어가는 가을에게 마음이 쓰여 차마 모른 척할 수 없었던 할머니는 가을이 가는 길을 따라나섰다. 무릎이 아파 많이 뒤늦은 걸음이었기에 가을을 놓쳤지만 할머니는 포기하지 않았다. 아무도 없는 길 위에서 할머니는 몇 번이나 가을을 불렀다. 별일 없겠지, 괜찮겠지. 할머니는 혹시나 하는 마음에 판타지아 너머를 들여다보고 또 들여다보았다.

"판타지아로요?"

"그 안으로 들어갔는지 아니면 저짝으로 넘어갔는지 모르겠는데 이상하게 자꾸 마음에 걸려. 시간이 몇 시인데 아직까지 거기 있을까 싶으면서도……."

"제가 가 볼게요. 걱정하지 마시고 들어가 계세요."

다급히 나가던 균은 할머니를 향해 잊지 않고 고개를 숙였다.

"알려 주셔서 고맙습니다."

할머니는 고개를 끄덕이며 어서 가 보라고 손짓했고, 균은 숨이 넘어가도록 달리기 시작했다. 이제는 아무도 찾지 않아 반짝이지도, 빛나지도 않는 어둡고 외로운 공간을 향해서.

뺨에 닿는 공기조차 얼어붙을 정도로 매서운 추위였다. 그 밤을 가르며 균은 엄마로 인해 조각난 마음을 한 사람에 대한 우려와 걱정으로 다시 채워 넣었다. 가을을 떠올리는 균의 마음은 비워 내고 또 비워 내도 자꾸만 다시 차올랐다.

"판타지아로 가는 걸 봤대요! 지금 곧장 오세요. 저도 가고 있어요."

하원에게 전화한 뒤, 균은 숨이 차는 줄도 모르고 달렸다. 걱정을 하면 할수록 불안이 풍선처럼 몸을 불려 갔다.

13

 어둠은 생각보다 훨씬 존재감이 컸다. 압도적이고 무거웠으며 모두를 침묵하게 만들었다. 판타지아 정문에 모인 사람들은 그 과묵하고 차가운 어둠 속에서 잠시 말문을 잃었다.
 판타지아 인근은 온통 그런 어둠이었다. 문 닫은 놀이공원 주변에는 조명 하나, 가로등 하나 켜져 있지 않았고 지난날 사람으로 북적이던 곳은 언제 그랬냐는 듯 휑했다. 인적 없는 골목에는 한때 번영했던 상가의 흔적만이 우중충하게 남겨져 있을 뿐이었다.
 "정말 여기로 들어간 게 확실하답니까? 학생이 여기 들어갈 만한 이유가 있을까요?"
 리어카 할머니가 가을을 본 건 오후 네 시였다. 이미 열두 시가 가까운 시각이었고 가을이 이렇게 오랫동안 놀이동산 안에 있을 이유 같은 건 아무리 생각해도 없었다.

"그래도 일단 찾아봐 주시면 안 될까요? 본 사람도 있고요……."

하원이 간절히 말했다. 하원은 가을의 휴대폰을 확인한 순간부터 지금까지, 모든 걸 제 탓으로 여겼다. 내가 나가지 말라고 붙잡기만 했어도, 싸우지만 않았어도, 휴대폰 들고 가라는 말만 했어도……. 후회는 끝도 없이 이어졌다. 조금도 지체할 수가 없었다.

"찾아봐 달라고 하시면 당연히 그래야죠. 근데 여기가 문도 닫았고 이렇게 깜깜한데 학생이 무서워서라도 혼자 들어가진 않았을 겁니다. 할머니가 잘못 봤을 수도 있고…… 아시다시피 놀이공원이 워낙 넓지 않습니까. 차라리 동네나 주변을 더 샅샅이 찾는 게 낫지 않을까요. 놀이공원 안에 인력 배치해서 찾는다고 한들, 글쎄요. 괜히 학생 찾을 수 있는 시간만 버리는 게 아닌가 싶기도 하고요."

경찰은 난감한 표정이었다. 틀린 말도 아니었다. 판타지아는 한때 지역에서 가장 큰 놀이동산이었다. 호수를 품고 있었고 실내외 어트랙션과 동물원, 콘도, 눈썰매장까지. 고작 대여섯 명이 들어간다고 한들, 사실상 조명 하나 없는 이곳에서 가을을 찾다 보면 하루를 꼬박 보내고도 모자랄 터였다. 게다가 밤새 폭설이 예고되어 있었다. 만에 하나 가을이 판타지아 안에 없다면, 그런데도 수색 시간을 온통 판타지아에만 쏟아붓는 거라면 어쩌지? 불안 앞에서 확신할 수 있는 사람은 아무도 없었다.

"도와주세요. 제발. 부탁드립니다."

"저희도 마음 같아서는 전 인력 배치해서 찾고 싶은데, 여기가 사유지고 아시다시피 출입 금지를 해 놓은 상태라 허가 없이 들어가기도 어렵습니다. 저희가 민간인 신분도 아니고, 이게 걸고넘어지면 사실 좀 곤란하긴 합니다."

경찰이 망설이는 동안에도 시간은 흘러갔고 구름이 요란하게 몰려오고 있었다. 밤하늘에 몰려오는 구름은 마치 재앙을 암시하는 듯했고 바람은 경고를 보내듯 쉴 틈 없이 불어왔다.

"사람들이 좀 도와주면 좋을 텐데…… 하, 어쩌지."

경찰이 한숨을 쉬며 혼잣말을 뱉었다. 그들도 가을을 찾고 싶은 마음은 같았다. 한 번의 선택이 잘못된 결과를 낳을까 두려워 망설일 뿐이었다. 그때 바람에 흔들리던 철문이 삐그덕 소리를 내며 들썩였다. 손전등을 비추어 보니, 철문이 한 뼘 정도 열려 달싹거리고 있었다. 마치 이리로 들어오라는 듯이, 어서 이쪽으로 와 보라는 듯이.

"그럼 저희끼리 들어갈게요."

균의 말에 가을의 가족들이 고개를 끄덕였고 그들은 더 이상 고민하지 않았다. 누군가를 향한 마음이라는 건 늘 그랬다. 고민하지 않게 만드는 것. 흔들리지 않게 만드는 것. 무작정 나아가게 하는 것.

그때부터 시간이 이상하게 흘러갔다. 판타지아 안으로 들어가 그 휑하고 차가운 바닥에 발을 딛던 순간부터 기묘하고 아스라한 일들이 벌어지기 시작했다. 이 세상에 존재하지 않는 장소에 뚝 떨어진 것만 같았다. 시간은 더 이상해서, 1초가 아주 느리게 흐르면서 동시에 아주 빠르게 흘렀다.

"박가을!"

"가을아!"

침이 말라 목이 찢어질 듯 따끔거렸다. 애가 탄다는 게 얼마나 초조하고 심장이 조여드는 것인지, 1분 1초를 피부로, 귀로, 눈으로, 온몸으로 느꼈다. 손전등 불빛이 아니면 눈을 감은 것과 다를 바 없는 어둠 속에 내던져진 이들의 입에서 끝도 없이 가을의 이름이 터져 나왔다.

어디가 어딘지, 왔던 곳을 또 가고 있는 건 아닌지 아무것도 알 수 없었다. 하원과 균, 가을의 엄마 아빠는 뿔뿔이 흩어져 멀리서 바람을 타고 들려오는 가을아! 하는 목소리에 서로의 존재를 확인하며 한 사람을 찾을 뿐이었다.

그날 밤. 판타지아에서 있었던 일은 누구도 설명하지 못하리라. 그저 이상한 일을 겪었다는 말밖에는. 참 이상했어, 아직도 이해가 안 된다니까, 그런 말밖에는.

눈발이 점점 더 거세지고 바닥에 하얗게 눈이 쌓이기 시작할 무렵, 균의 눈에 쓰러져 있는 가을의 모습이 보였다.

"여기요! 여기 가을이 있어요!"

균이 소리쳤고, 모두가 그 소리를 향해 죽을힘을 다해 달렸던 것 말고는 아무것도 기억하지 못했다.

훗날 균은 누군가가 자기 손을 끌어당기는 것 같았다고 했다. 아무것도 안 보이는데 발이 저절로 움직였다고, 바람이 자신의 등을 밀다가 이쪽으로 가라고 옷자락을 잡아당기는 것 같았다고.

쓰러진 가을을 등에 업고 달리기 시작했을 때도 비슷했다. 어디가 어디인지 제대로 보이지 않는데도 균은 망설이거나 주춤대지 않고 대번에 입구를 찾아 달려 나올 수 있었다. 그때도 균은 그랬다. 바람이, 바람이…… 자꾸만 밀더라고. 자꾸만 잡아당기더라고.

엄마 아빠와 함께 가을이 탄 구급차가 멀어졌다. 남겨진 균은 숨을 몰아쉬며 멀어지는 구급차를 바라보다, 따라가려 서두르는 하원의 팔을 잡았다.

"형. 가을이 괜찮아요."

'괜찮을 거예요'가 아니라 '괜찮아요'였다. 하원은 어째서 균이 그렇게 단정하는지 알 수 없어 의아했다. 그때 균이 중얼거리듯 말했다.

"눈이요. 눈이…… 가을이 몸에 하나도 안 쌓여 있었어요."

14

초조했다. 왜지, 왜 이렇게 불안하지. 엄마의 전화를 받은 뒤로 유경은 문제집을 단 한 장도 풀 수 없었다. 아무것도 눈에 들어오지 않았다. 이유 없는 불안함이 유경의 이마를 지근지근 밟아 댔다. 침대에 누워서도 잠을 잘 수 없었다. 잠에 들라치면 창밖에서 휘이잉 바람 소리가 요란하게도 들려왔다. 마치 아직은 자면 안 된다는 듯이, 아직은 아니라는 듯이.

밤을 꼬박 새우고 시꺼멓던 하늘이 멍이 든 것처럼 퍼렇게 번져 갈 때에야 비로소 유경은 자신을 괴롭히던 불안함의 이유를 깨달았다.

매일같이 찾아와 노래를 흥얼대던 작은 아이가 밤새 한 번도 나타나지 않았다는 사실을.

"선생님, 저 사정이 생겨서 전화 좀 써야 할 것 같아요."

담당 선생님의 얼굴이 대번에 구겨졌다.

"지금이 몇 시야? 너 아까도 아파서 오늘 수업 못 듣겠다고 하지 않았니?"

밤새 한숨도 못 잤더니 머리가 핑 돌아서 수업을 따라갈 수가 없었다. 그런 유경에게 담당 선생님은 '체력도 실력'이라며 이런 식으로 관리 못 할 거면 집으로 돌아가라고 싸늘하게 말했다.

"사정이 생겨서…… 휴대폰만 주시면."

유경의 말에 선생님은 가지가지 한다는 듯 얼굴을 찌푸렸다.

"여기선 정해진 스케줄대로 움직여야 하는 거 몰라? 아픈 거랑 휴대폰이랑 무슨 상관인데. 규칙 또 얘기해 줘야 해?"

"집에 연락을 좀 해야 될 것 같아요."

하아. 깊은 한숨을 내쉰 선생님이 팔짱을 끼고 유경을 내려다보았다.

"정 안 좋으면 집으로 가. 아무도 안 잡는다. 괜히 다른 사람 피해 주지 말고. 알겠니?"

공부시키는 기계와 공부하는 기계가 만나 쉬지 않고 돌아가는 공장처럼 생활하는 곳에 오겠다고 한 건 유경 자신이었다. 어떻게든 1년만 죽었다 생각하고 공부해 좋은 대학에 가는 것. 그것만이 유경의 목표였다.

"그 정도는 아니고, 그냥 휴대폰만 주시면 안 될까요?"

"부모님 편찮으시니?"

"아니요. 그런 건 아니고 친구가⋯⋯."

"뭐, 죽었대?"

"네?"

아무렇지도 않게 죽음을 말하는 선생님의 말에 유경은 자신도 모르게 얼굴이 굳었다.

"얘 표정 왜 이러니. 친구가 어쨌냐고 묻는 거잖아."

"친구한테 일이 있어서요."

"하, 기가 차서 말이 안 나오네. 친구? 그래, 친구 소중하지. 근데 네 인생보다 소중해? 내가 선생으로서가 아니라 그냥 인생 선배로서 하는 말인데, 친구에 목매지 마. 어차피 대학 가면 1차로 정리돼. 취직하잖아? 2차로 정리되고 결혼하면 나머지도 싹 정리된다고. 친구 백 명이 있어도 나이 들면 남는 거 한둘이야. 왜 쓸데없이 친구 같은 거에 네 인생을 망치려 들어?"

친구를 걱정하면 인생을 망치는 거냐고 되물으려던 유경은 그러지 않기로 했다. 상대가 선을 넘었다고 해서 자신도 넘고 싶지 않았다.

"그게 아니라⋯⋯."

"됐고."

듣기 싫다는 듯 선생이 유경의 말을 탁, 잘라 냈다.

"너 지방 어디서 왔다고 했지? 공부할 생각은 있니? 시골에서 여기까지 공부하러 왔으면 애는 써야 하는 거 아닐까? 부모님 생각도 해야지. 방학 한 달, 너 공부시킨다고 몇백씩 쓰시는 거 얼마나 큰 부담이겠어. 미꾸라지 한 마리가 물 흐린다는 말 알지?"

"네?"

"네 인생 네가 알아서 할 테니 내가 간섭할 건 아닌데, 문제는 네가 규칙을 어긴다는 거야. 물을 흐리고 있다고. 너랑 룸같이 쓰는 애들한테 벌써 불만 접수되고 있어. 네가 왔다 갔다 짐을 쌌다 풀었다 하니까 공부에 방해된다고. 너 지난번에도 집에 다녀왔잖아. 하고 싶은 대로 다 할 거면 집에서 공부하지 왜 여기까지 와서 다른 애들 방해를 해. 너 이러면 수능 전 여름 방학 때는 억만금을 내도 여기 못 들어와. 생활 태도도 다 기록돼."

유경은 선생님의 말에 한마디도 대꾸하지 못한 채 사탕을 훔치다 걸린 아이처럼 고개를 숙였다.

'얘, 아유 그렇게 울 거 없다. 앞으로 살날이 얼마나 많은데. 너 중학생 되고 고등학생 돼 봐라. 죽은 친구 기억도 안 나. 죽은 애는 죽은 애고, 산 사람은 살아야지. 언제까지 울어? 그냥 지워. 기억에서 지우고 잊어버려.'

10년 전. 봄의 영정 사진이 교실을 돌고 가던 날, 학교 앞에서 울고 있는 가을과 유경을 향해 어떤 어른이 혀를 끌끌 차며 말했다. 그렇게 말하는 어른들이 하도 많아서, 유경은 정말로 시간이 지나면 생각도 나지 않을 줄 알았다.

"알아들었으면 친구 걱정하지 말고 네 걱정이나 해. 알겠어?"

어른들은 다들 친구는 기억도 안 날 거라는데, 잊으면 그만이라는데, 네 인생이나 살라는데. 대체 친구를 잊고 내 인생이나 잘 살려면 어떻게 해야 하는 걸까. 잊을 방법 같은 건 알려 주지도 않으면서, 어떻게 하면 인생을 잘 살 수 있는지 정답도 모르면서, 왜들 그렇게 함부로 말을 하는 걸까.

"뭐 해, 안 들어가고? 휴대폰은 필요 없는 걸로 안다."

"선생님."

"왜 또?"

"저, 지방에서 온 건 맞는데요. 시골은 아니고요."

"뭐?"

"우리 부모님 걱정해 주셔서 감사하긴 한데요."

"뭐래는 거니."

"친구가 인생보다 중요해서가 아니라, 저를 위해서예요. 후회할까 봐요."

"어머, 얘 좀 봐."

"아까 친구가 죽었냐고 물어보셨죠. 선생님은 죽은 친구 있으세요? 저는 있거든요. 아홉 살 때 친구가 죽었는데 믿기지가 않더라고요. 근데 그거 되게 트라우마예요. 지금도 괴로워서 잠을 설치고요, 무서워서 입 밖으로 꺼내지도 못해요."

"너 지금 뭐 하는 거야?"

유경이 선생님의 눈을 똑바로 바라보았다.

"죽었냐는 말을 그렇게 쉽게 하시면 안 되는 거라고요. 사람이면."

15

"애 찾았대? 다행이다, 다행이야."

손님들이 싫어한다고, 가게 망하면 책임질 거냐며 큰소리 쳤던 갈빗집 안주인도 밤 열한 시가 넘어 눈이 내리기 시작할 무렵부터는 걱정을 했다. 이렇게 추운데, 애가 왜 안 들어와.

"어디 있었대?"

"판타지아에. 편의점 아들내미가 발견해서 구급차에 실려 왔댄다. 우리 딸이 병원에서 근무하잖어. 내가 그거 듣고 기함을 했다니까."

"아니 그 밤에 거기서 뭘 했대? 판타지아에 뭐가 있다고."

"말도 마. 쯧. 10년 전에 왜, 인간 같지도 않은 놈들이 애를 그랬잖어…… 봄이. 내가 아주 이름도 안 잊어버려."

온 동네 사람들이 봄의 이름을 기억했다. 봄이 죽은 날이 입춘 하루 전날이었다. 사람들은 혀를 차고 눈물을 지으며, 봄만 됐어도, 봄만…… 이라고 했다.

"봄이가, 죽기 전에 애들이랑 놀면서 그랬대. 엄마 아빠랑 판타지아 갔을 때가 세상에서 제일 행복했다고. 판타지아 또 가는 게 소원이라고. 쯔쯔, 아유 그 조그만 게 코앞에 있는 놀이동산 가는 게 소원이었으니…… 그 부모 놈들은 아주 인간도 아니야, 인간도. 천벌 받을 거야."

"그래서?"

"그래서는, 어제가 봄이 그렇게 만든 놈들 출소일이었다잖아. 가을이가 그거 알고 친구 생각이 나니까 판타지아에 갔던 거지. 거기서 죽은 친구라도 기다렸는지, 그냥 거기 있었대. 모르지 뭐. 죽은 애가 자기 그렇게 만든 부모 풀려났다는 말에 무서워할까 봐 갔는지……."

"아휴 세상에…… 애는? 가을이는 괜찮대?"

"우리 딸 말이, 다행히 다치고 그런 데는 없고 괜찮대. 그나저나 애를 찾든 말든 신경도 안 쓰던 사람이 관심이 많네."

"자기는 무슨 말을 그렇게 해? 내가 언제."

갈빗집 안주인 얼굴이 시뻘겋게 달아올랐다.

"아이고. 경찰한테 아주 바락바락 장사 망하면 책임질 거냐고 하더만. 남의 애든 우리 애든 한동네에서 자라는 거 봤으면 가족이지. 어떻게 애가 없어졌다는데도 그렇게 사람이 매정하게 굴 수가 있냐…….”

"자기! 지금 무슨 말을 하는 거야. 내가 언제. 그리고 어제 다들 그랬잖아. 나만 나쁜 년 만들겠다 이거야? 다들 팔짱 끼고 나와서 가을이 엄마가 애를 너무 오냐오냐 키우니 어쨌니 그럴 땐 언제고.”

"글쎄. 난 한마디도 안 했어.”

"이 인간도 진짜 웃기는 인간이네.”

"뭐, 인간? 지금 말 다 했어?”

두 사람의 언쟁이 다른 가게에까지 들려왔다. 사람들은 또 시작이라며 혀를 찼다. 지난밤, 가을을 찾기 위해 팔 걷어붙이고 나선 사람이 한 명도 없었음을, 말로는 걱정된다 했지만 모두 따뜻한 방 안에서 안락한 밤을 보냈음을 누구도 기억하지 못했다.

* * *

병원에서는 가을에게 특별한 이상이 없다고 말했다.

"크게 걱정 안 하셔도 됩니다.”

"정말 괜찮은 거 맞습니까? 애가 이 추위에 밖에 쓰러져 있었어요. 얼마나 오랫동안 쓰러져 있었는지도 모르겠고…….”

"어디 안에 들어가 있었나 보죠."

아빠의 물음에 의사가 피곤한 얼굴로 대꾸했다.

"네?"

"이 날씨에 밖에서 한 시간만 쓰러져 있었어도 저체온증 증상 보였을 겁니다. 근데 아무 이상 없어요. 동상 같은 것도 없고. 검사 결과도 깨끗하고요."

"그럴 수가…… 있습니까?"

"뭐, 쓰러지자마자 발견됐으면 충분히 가능한 일이죠. 수액 놨으니까 한숨 푹 자고 일어나면 괜찮을 겁니다."

가을이 입원해 있는 이틀 동안 가족들 중 누구도 왜 판타지아에 갔느냐고, 거기서 무얼 했느냐고 묻지 못했다. 마치 금지어라도 되는 듯이, 이야기를 꺼내면 다시 가을이 훌쩍 사라져 버리기라도 한다는 듯이. 묻지 않을 때마다 가을은 울컥, 가슴에 돌덩어리가 하나씩 더 얹어지는 것 같았다.

"왜 아무것도 안 물어봐?"

"……."

"아무 일도 없었던 것처럼 굴면 없었던 일이 되니까?"

가을의 말에 엄마는 터져 나오려는 울음을 삼켰다. 아니다. 가족들이 묻지 못한 건 두려워서지 없었던 일로 만들려 그런 것이 아니었다. 아팠기 때문이지 잊으려 한 것이 아니었다.

"아무 말도 하지 않으면 정말로 없었던 일이 돼?"

하지만 그 사실을 알지 못하는 가을은 아무것도 묻지 않는 가족들 때문에 마음이 아팠다.

"엄마, 나 지난번에 편의점 앞에서 사고 났을 때, 그날 편의점에서 나오는데 골목에서 차가 휘청거리면서 오는 거야. 나 사실 위험한 거 알고 있었어. 근데 다리가 안 움직이더라. 머리가 새하얘지는 게 아무 생각도 안 났어."

"가을아, 너 지금 무슨 말을 하는 거야?"

"근데 누가 날 부르는 거야. 그 목소리 때문에 정신 차렸는데…… 나 사실 누가 불렀는지 알아. 내 친구가 날 불렀어. 거기 있으면 위험하다고, 날 계속 불렀어."

가을은 엄마에게 말하는 듯하면서도, 초점 없는 눈으로 혼잣말하듯 중얼거렸다. 그런 딸의 얼굴을 보면서 엄마는 등골이 서늘해졌다.

"엄마. 나 이상한 것 같아."

엄마는 할 수 있으면 말을 피하고 싶었다. 아무 일도 없었던 것처럼 원래대로, 그저 그랬던 평범한 일상으로 돌아가기를 바랄 뿐이었다.

"어서 퇴원 준비나 해. 이따 아빠가 퇴원 수속 밟고 온댔으니까 우린 그 전에 짐부터 싸자. 밥도 먹어야 되는데. 아침 보니까 부실하게 먹더라. 점심엔 너 먹고 싶은 거 먹자. 고기 먹을까?"

"걔랑 만났는데⋯⋯ 너무 좋았어."

딸의 말에 부지런히 짐을 정리하던 엄마의 손이 멈칫, 얼어 버렸다.

"나 봄이랑 놀았어."

오래전 잊었던 이름이 가을의 입에서 나오는 순간, 엄마의 손에 들려 있던 가방이 아래로 떨어지며 가방 안에 있던 물건들이 바닥으로 너저분하게 흩어졌다.

"가, 가을아. 너 지금 무슨 말을 하는 거야."

"판타지아에, 봄이가 있었어. 너무 반가워서 봄이 손을 잡고 놀았는데⋯⋯ 봄이가 하나도 안 자란 거야. 난 이렇게 많이 컸는데 봄이는 아직도 아홉 살 그대로인 거야."

"가을아⋯⋯."

"봄이는 죽었으니까, 같이 있을 수가 없잖아. 근데 나 어떻게 봄이랑 놀았지? 왜⋯⋯ 봄이가 보이지? 그러면 안 되는 거잖아. 나 이상한 거지?"

자신도 모르는 새에 다리에 힘이 풀린 엄마 눈에 딸의 얼굴이 들어왔다. 딸은 입술이 파랗게 질려서는 무슨 일이 일어나고 있는 건지 아무것도 모르겠다는 듯 혼란스러운 얼굴을 하고 있었다.

우리 가을이, 엄마가 안아 줘야지. 엄마가 옆에 있으니까 아무 걱정도 하지 말라고 해 줘야지. 손끝이 파르르 떨려오는 순간에도 엄마는 딸을 향해 손을 뻗었다. 그러고는 딸의 어깨를 부여잡고 가슴에 딸을 가득 품었다.

"아니야, 아니야 가을아."

"엄마⋯⋯ 나 무서워."

"가을아 엄마 봐, 엄마 얼굴 봐. 괜찮을 거야, 가을아. 아무 일도 없을 거야."

"엄마, 나 괜찮은 거지? 근데 나 왜 이래. 왜 이렇게 아파?"

엄마는 마치 두 손 가득 물을 받은 것처럼 불안했다. 물은 계속해서 손에서 빠져나갔다. 아무리 손을 단단히 오므려도 물은 어느 틈엔가 자꾸만 빠져나갔다. 엄마는 딸이 제 품에서 그렇게 떠나갈 것만 같았다.

"봄이를 그렇게 만든 아줌마 아저씨는 죗값을 다 치렀대. 엄마, 나는 있잖아. 가끔씩 지나가는 사람들 중에 그 아줌마 아저씨가 있지는 않을까 생각해. 우리랑 같이 섞여서 산다는 게 구역질 나고 소름 끼쳐."

가을은, 봄이 생각나는 밤이면 잊으라고 말하던 사람들의 꿈을 꾸었다. 겨울만 되면, 새해가 되면 죽은 봄이 생각났다. 봄은 빨리 어른이 되고 싶다는 말을 자주 했다. 그렇게 어른이 되고 싶어 했는데, 아홉 살에서 한 살도 자라지 못한 친구를 가을은 잊으려고 해도 잊을 수가 없었다.

"나도 잊으려고 했는데, 잊으면 다 괜찮아진대서 그러려고 했는데…… 엄마, 나는 잊히지가 않아. 봄이를 잊을 수가 없어."

엄마는 딸의 시간을 되돌리고 싶었다. 딸이 무슨 생각을 하며 살았는지, 매일 밤을 얼마나 아팠는지 아무것도 모르고 그저 잘 크고 있나 보다, 짐작만 했던 자신이 바보 같아서 가슴을 치며 후회했다.

"엄마, 도살장에 끌려가는 짐승도 운대. 자기 죽는 줄 알고 안 간다고 버틴대. 근데 봄이는…… 봄이는 그 집에 가면서도 우리한테 잘 가라고 했어. 인사를 했어. 엄마…… 나 사실은 알고 있었어. 봄이가 엄마 아빠한테 맞는 거 알았어. 봄이가…… 봄이가 아무한테도 말하지 말라면서 나한테만 말해줬어. 엄마 아빠가 밥을 안 준다고, 자꾸만 때린다고, 집이 너무 무섭다고 나한테 말했는데…… 나한테 그렇게 말을 했는데…… 내가 안 믿었어."

10년 전, 가을은 봄을 향해 거짓말하지 말라고 말했다. 동네 사람들이 너희 엄마 아빠 좋은 사람들이라고 한다고. 우리 엄마 아빠도 그랬다고. 문방구 이모도 고깃집 사장님들도 그랬다고. 그때 봄은 아무 말도 하지 않고 그저 고개만 숙이고 있었다.

"아무래도 나 때문인 것 같아. 나 때문에 봄이가 죽은 것 같아. 정말로 나 때문이면, 그런 거면 어떡해?"

집에 가기 무섭다는 봄의 말이 더 놀고 싶어서 하는 거짓말이라고 여겼다. 진짜냐고, 거짓말이면 큰일 난다는 가을의 말에 봄은 활짝 웃으며 거짓말이라고, 그냥 해 본 말이라고 했다. 그게 살려 달라는 말인 줄도 모르고.

가을은 봄이 자신에게만 유일하게 진실을 말했다는 사실을 견딜 수가 없었다.

"그게 왜 네 탓이야. 잘못한 사람은 따로 있는데 그게 왜 네 탓이야. 네 잘못 아니야, 네가 잘못한 거 하나도 없어."

"왜 그 사람들은 벌써 풀려나? 왜 고작 그 정도밖에 벌을 안 받아? 봄이는 열 살도 못 돼 봤는데…… 봄이는 열 살 되면 하고 싶은 것도 많았는데. 우리 중에 제일 어른이 되고 싶어 했는데. 봄이는 영원히 어른도 못 되는데. 근데 그 사람들은 벌써 풀려나는 게 말이 안 되잖아. 왜 아무도 그 이야기를 안 하는 건지 모르겠어."

그날 이후, 가을은 매일 밤 봄과 만났던 마지막 날의 놀이터로 돌아갔다. 놀이터에서 가을은 봄을 붙잡고 집에 가지 말라고, 지금 집에 가면 안 된다고 말했다. 그때마다 봄은 환히 웃으면서 인사를 건넸다. 잘 가. 잘 가. 손을 흔들면서. 꿈에서조차 가을은 봄을 살리지 못했다.

"봄이가 살아 있었으면 어땠을까 생각을 해. 봄이도 그냥 …… 나처럼 평범한 애였는데. 믿어 줄걸. 거짓말이라 하지 말고 전부 다 믿어 볼걸. 무서웠을 텐데…… 곁에 있어 주겠다고 할걸, 계속 같이 놀자고 할걸…….”

 딸의 둥근 눈에 가득 고여 있던 눈물이 후두둑, 하고 바닥으로 떨어졌다. 그 눈물방울에 엄마도 눈을 질끈 감아야 했다.

16

하원이 걸음을 재촉했다. 균에게 가을이 오늘 퇴원한다는 말을 전하기 위해서였다. 가을을 찾아 헤매던 밤, 하원은 균이 얼마나 애를 썼는지 알았다. 가을을 애타게 부르던 목소리와 멀어지던 구급차를 끝도 없이 지켜보던 눈길에서.

균은 가을이 입원해 있는 이틀 동안 하원에게 계속 연락을 해 왔다. 가을이는 깼어요? 뭐래요, 괜찮대요? 아픈 데는 없대요? 무슨 일 있으면 아무 때나 연락 주세요.

"아니 얘는 할 일이 없나? 하루 종일 박가을 걱정만 하고 있어. 지가 뭔데."

하원은 균에게 양가적인 감정이 들었다. 가을을 누구보다 걱정해 주는 고마운 이웃이면서 동시에 동생에 대한 마음을 자꾸만 드러내는 아주 거슬리는 녀석이었다.

"아오, 그때 가을이 업고 나오지만 않았어도 확 모른 척하는 건데. 이상하게 짜증 난단 말이야."

투덜대며 편의점으로 들어서던 하원은 편의점 앞에 쪼그려 앉은 사람을 보고 멈칫, 멈춰 섰다. 몸을 웅크리고 무릎에 고개를 처박고 있었지만, 긴 머리에 왜소한 체격이 여자라는 걸 말해 주었다. 하원은 절로 눈살이 찌푸려졌다. 옆에 놓인 제 몸만 한 캐리어에 후줄근한 옷차림으로 보아, 집에서 쫓겨났거나 쫓겨날 예정이거나 그도 아니면 집도 절도 없는 사람인 게 분명했다.

편의점에 '잠시만 다녀오겠습니다'라고 적힌 팻말이 걸려 있는 걸 보니, 문이 닫혀 들어가지 못하고 앉아 있는 모양이었다. 어디 갈 데가 없어도 그렇지. 뭐 여기까지 와. 이 동네는 잘 데도 없는데. 판타지아에서 운영하던 리조트도 문을 닫은 지 오래고, 주변에 있던 몇 안 되는 숙박 시설들도 관광객이 끊기자 제일 먼저 문을 닫았다. 평소라면 인상이나 한번 쓰고 지나갔을 하원이지만, 가을이 생각나 그럴 수가 없었다. 불과 이틀 전, 가을이 저런 몰골로 판타지아에 있었을지도 모른다는 생각을 지울 수가 없었다.

"저기요."

"……."

"여기, 편의점 문 열길 기다리는 거예요?"

하원이 어깨를 툭 치자, 여자가 깜짝 놀란 듯 고개를 들었다. 부스스한 머리에 기운 없어 보이는 여자의 얼굴과 마주하는 순간, 하원은 이상하게도 여자가 낯설면서도 익숙하게 느껴졌고 여자도 마찬가지인 모양이었다.

"어?"

여자가 손가락을 들어 하원을 가리켰을 때, 하원은 여자의 손이 유난히 작고 하얘서 꼭 아이 손 같다는 생각을 했다.

"……오빠 맞죠?"

"네?"

오빠라니. 찰나의 순간 하원은 제 인생을 통틀어 자신을 '오빠'라고 불렀던 사람들을 떠올렸다. 가만있어 보자, 대학교 후배였던가? 왜 기억이 안 나지. 소개팅이나 헌팅으로 만난 여자들의 얼굴이 스쳐 지나갔다. 예진이, 현아, 미나, 보람, 혜린이…… 누구지?

"저 아세요?"

"오빠 저 유경인데요."

"……어, 유경이."

유경이, 유경이. 어디서 많이 들어 봤는데. 누구더라. 여전히 모르겠다는 하원의 표정을 살피던 유경이 다시 한번 입을 열었다.

"저요. 가을이 친구."

"아, 박가을 친구. 알지, 유경…… 뭐, 네가 문유경이라고? 그 쪼끄미?"

하원은 눈을 깜빡이며 유경의 얼굴을 다시 보았다. 하원의 기억 속 유경은 가을과 종일 손을 잡고 다니던 작고 통통한 아이였다. 떽떽거리는 목소리로 사람을 가르치려 드는 재수 없는 말투를 가진 아이. 하원은 그 시끄러운 햄스터 같던 애가 하얗고 여려 보이는 이 여자와 동일 인물이라는 게 믿기지가 않았다.

그도 그럴 것이 하원이 유경을 마지막으로 본 게 벌써 4년도 더 전의 일이었다. 하원과 가을은 네 살 차이가 나는 남매였다. 고등학교에 다닐 땐 공부한다고, 대학 입학 후에는 기숙사에서 지내느라, 제대한 뒤에는 집으로 내려왔지만 이번에는 유경과 가을이 공부로 바빴기에 마주칠 일이 거의 없었다. 그 사이 몸에 맞지 않는 큰 교복을 입고 있던 어린애는 어느덧 거의 성인이 되어 있었다.

"너, 너 왜 이렇게 많이 컸어?"

"크긴 뭘 커요. 키 똑같은데. 지금 저 키 작다고 놀리는 거예요?"

"아니, 내 말은 그 뜻이 아니라…….'

하원은 말을 끝맺지 못하고 얼버무리고 말았다. 조그마했던 애가 왜 이리 예뻐졌냐고 말할 수는 없었으니까.

"왜 이러고 앉아 있어. 옆에 가방은 또 뭐고."

"갈 데 없어서요. 저 쌤이랑 싸우고 학원 짤렸거든요."

"뭐?"

"방학 특강으로 서울에서 기숙 학원 비슷한 데 다녔거든요. 아무튼, 집에는 가기 싫고 갈 데는 없고 그래서 여기 왔는데, 편의점 문까지 닫혔네요."

"범생이가 미쳤네. 학원까지 짤리고. 근데 어지간하면 학원은 잘 안 짤리지 않나?"

"그러게요."

유경은 해탈한 사람처럼 하늘을 올려다보았고 하원은 힘없이 흔들리는 마음을 읽었다. 흔들려 본 사람은, 흔들리는 사람을 대번에 알아보는 법이니까.

"너까지 왜 그러냐. 아주 친구끼리 난리가 났네."

"가을이한테 무슨 일 있죠?"

그건 질문이 아니라 확신에 가까웠고, 그래서 하원은 대답할 수가 없었다. 가을에게 생긴 일이 비단 가을에게만 머물리라는 보장이 없었으니까. 가을이 고작 아홉 살에 겪었던 눈물과 충격을, 두려움과 혼란을 유경도 함께 느꼈을 테니까.

"아무리 전화해도 안 받던데."

"당분간은 못 받을 거야. 가을이 폰 없어."

"왜요?"

"그냥. 이러저러해서. 나중에 만나서 물어봐."

"가을이 보러 가고 싶은데. 집에 있어요?"

"못 볼 것 같은데."

"왜요?"

하원이 고갯짓을 하며 눈치를 주었다. 그쪽을 향해 고개를 돌리던 유경은 놀란 눈으로 서 있는 엄마를 발견했다. 엄마는 눈앞에 있는 사람이 유경이 맞는지, 서울에 있어야 할 애가 연락도 없이 왜 여기에 있는 건지, 저 집은 다 뭔지 아무리 생각해도 모르겠다는 얼굴이었다. 유경은 한숨을 내쉬었고 엄마의 눈이 파르르 떨렸다.

"무슨 일이 있었는지 말을 해야 알 거 아니야."

엄마가 캐리어를 현관에 내팽개치듯 밀어 넣으며 말했다. 패딩 후드를 뒤집어쓴 유경이 어색하게 그 뒤를 따라 들어섰다.

"아무 일도 없었다니까."

"없는데 학원을 짤려? 말이 되는 소릴 해."

"그냥 공부하는 것도 힘들고."

"공부하는 게 힘들어? 문유경. 특강 듣고 싶다고 조른 건 너였어. 한두 푼도 아니고, 엄마가 너 거기 보내려고 온 동네 고깃집에서 알바를 얼마나 했는 줄 알아? 근데 뭐, 힘들어서 그만둬? 이제 열흘만 있으면 끝나는데 열흘을 못 참아서 그만뒀단 말이야?"

엄마는 화가 났다. 판타지아가 문을 닫고 남편이 반실직 상태가 되었어도 힘든 내색을 하지 않으려 애썼던 엄마였다. 온 가족이 딸 하나만 보고 살아가는데, 힘들어서 학원을 그만두고 왔다는 딸의 말을 믿을 수가 없었다.

"솔직하게 말해. 무슨 일인데."

"⋯⋯가을이한테 무슨 일 있었는데?"

"갑자기 가을이 얘기가 여기서 왜 나와?"

유경의 굳은 표정을 마주한 순간, 엄마는 더는 모른 척할 수가 없었다.

"⋯⋯이제 다 해결됐어. 가을이도 집에 왔고, 별일 아니었으니까 신경 쓸 거 없어."

"근데 왜 나한테 전화받지 말라고 그랬어? 별일도 아닌데."

딸의 물음에 엄마는 순간 말문이 막혔다.

"유경아. 엄마는 다른 거 아무것도 안 바래. 엄마는 그냥, 그냥 네가 행복하기만 하면 돼. 공부? 그거 하기 싫으면 하지 마. 네가 공부에 욕심이 있으니까 시키는 거지, 엄마는 그런 욕심도 없어. 엄마는 진짜 너만 괜찮으면 돼. 아빠도 똑같아. 엄마 아빠는 네 생각만 해. 너 괜찮은지 그것만 봐."

엄마는 딸이 얼마나 자랐는지 눈으로 보면서도 늘 철렁했다. 친구가 왜 죽었냐고 묻던 딸을, 울먹이던 딸을 한시도 잊은 적이 없었다. 시간을 돌릴 수만 있다면 절대로 말하지 않았을 사실들을 말해 버린 것을 죽을 때까지 후회할 터였다.

"엄마. 정말로…… 나만 괜찮으면 돼?"

"응. 엄마는 그거면 돼."

엄마는 매몰차다 싶을 만큼 차갑게 답했다.

"친구가 아파도, 무슨 일이 생겨도 다른 사람 일 따위에는 관심도 안 가지면서 그렇게 나만 괜찮으면 된다는 거지?"

"유경아."

엄마는 딸이 괜찮기만을 바랐다. 자식이 무탈하기를, 온전하기를 바라는 부모의 마음을 욕심이라고 할 수 있을까.

"엄마. 근데…… 그렇게 살면서 괜찮을 수가 있어? 그럴 수가 있는 거야?"

딸이 자랄수록 엄마는 말문이 막혔다. 모든 것을 다 알면 좋으련만. 인생에 정답이 있다면 밤을 새워서라도 공부할 텐데, 그래서 딸아이에게 인생의 정답을 모두 알려 줄 텐데.

"다들 그렇게 살아."

"그럼, 가을이가 아니라 나였어도 다들 모른 척했겠네. 전화도 피하면서."

"무슨 말을 하는 거야. 가을이 지금 제정신 아니야. 봄이를 봤대. 죽은 애를 만났다는 게 말이 돼? 엄마는 네가 괜히 마음 쓰고 그럴까 봐…….”

"나도 봄이가 보여.”

"뭐?”

순간 시간이 멈추는 것 같았다.

"가끔씩 봄이가 찾아와. 아무것도 안 해. 놀자고도 안 하고, 그냥…… 내 옆에서 혼자 놀다가 그러고 가.”

엄마는 딸의 떨리는 목소리를 들으며 어떤 말도 할 수가 없었다.

"엄마, 나 가을이한테 갈래. 가을이한테 괜찮냐고 물어볼래. 그래야 나도 좀 살 것 같아.”

"그게 언제 적 일인데! 10년이 지났어, 10년. 지금까지 괜찮았으면 앞으로도 괜찮은 거야. 너 열아홉이야. 이제 다 컸잖아.”

"아니야, 엄마. 나 못 컸어. 몸은 자꾸만, 자꾸만 자라는데 마음이…… 내 마음이 아직도 아홉 살 그때 그대로인 것 같아.”

자라지 못했다는 딸의 고백에 엄마는 무너져 내렸다. 왜 그렇게 바보같이 살아왔던 건지 지난 10년을 꼬박 돌아보고 또 돌아보면서.

대설 주의보가 내렸던 추운 겨울날. 가을은 살았고 봄은 죽었다. 죽음과 삶의 차이는 무엇이었을까. 무엇이 살게 하고 무엇이 죽게 했을까. 그리고 남은 사람들은 어떻게 찢긴 가슴을 안고 살아갈 수 있었던 것일까.

엄마는 울음이 새어 나오지 못하게 입을 틀어막았다. 할 수 있는 게 아무것도 없다는 사실과, 딸이 잘 살아가고 있다고 여겼던 안일한 마음이 엄마를 괴롭혔다.

아이 하나가 세상을 떠나는 일은, 단순히 하나의 목숨이 떠나가는 게 아니었다. 그건 아이와 함께했던 이들의 삶을 짓뭉개는 일이었다.

"유경아, 정말로 봄이가…… 봄이가 보여?"

"응."

"네가 왜 그런 게 보여. 왜 귀신을 봐."

"귀신 아니야."

"죽은 애가 보이는데 그게 귀신이 아니면 뭐야."

엄마의 물음에 딸은 고개를 숙인 채 속삭였다.

"내 죄책감. 너랑 안 놀 거라고 밀어냈던 내 죄책감. 빨리 집에나 들어가라고 등 떠밀었던 내 죄책감. 죄책감이 매일같이 나를 찾아와. 그때 집에 가라고 하지 말걸. 너는 맛도 없는 걸 뭐 그렇게 먹느냐고 말하지 말걸."

아홉 살 이후, 유경은 자주 봄을 떠올렸다. 봄이 노래를 부르고 까르르 웃는 모습을 상상했다. 비록 먼저 떠난 친구지만, 어디에선가 무사히 지내고 있을 거라는 상상을 해야 아주 조금이나마 안심이 됐다. 그래서 유경은 더 자주 봄을 떠올렸다.

"사실은…… 나도 너랑 노는 게 좋다고, 그렇게 말해 줄걸."

고개를 숙이고 바닥 어딘가를 응시하며 유경은 혼잣말을 하듯 자꾸만 중얼거렸다.

17

 흉흉한 소문이 돌기 시작했다. 가을이 판타지아에서 죽은 봄을 만났다는 말이 병원에서부터 시작해 온 동네를 휩쓸었다. 죽은 아이가 친구를 찾아왔다는 둥, 혼자 가기 싫어서 친구를 기다린 게 아니냐는 둥, 소문은 입에서 입으로 전해질수록 간담이 서늘해지는 말로 바뀌었다.
 "형님, 나 정말 무서워서 못 살아. 내가 애기 동자 집에 가서 무슨 소릴 들었는 줄 알아?"
 아파트 부녀회장 최 씨가 호들갑을 떨며 상가 번영회 사무실로 들어왔다. 어깨를 움츠린 채 무서워 죽겠다는 표정을 짓고서.
 "거긴 또 왜 갔어? 무당집 자주 가면 좋은 줄 알아? 좋은 기운 다 빼앗기고 오는 거야. 뭘 알고 허구한 날 들락거려, 들락거리길."

"내가 가고 싶어서 간 줄 알아? 애기 동자가 좀 와 보라는데 그럼 어떡해?"

"왜. 또 뭐래는데?"

"우리 동네에 일 많은 거, 이대로 두면 안 된대. 그저께 가을이 실종 신고 하고 난리 났던 날 알지? 그날 애기 동자가 상여를 봤대."

"뭔 소리야 이건 또."

"아, 상여! 장례 치르면 나가는 상여 말이야. 굿 안 하면 우리 동네에 상여가 아주 줄줄이 나갈 거래."

"진짜야?"

"형님, 애기 동자가 허튼소리 하는 거 본 적 있어? 하라고 부추겨도 못 하는 양반이야. 가을이 귀신 붙은 거, 그것도 먼저 알았잖아."

"에그, 그거 다 소문 아니야."

"소문은 무슨. 이 두 귀로 내가 직접 들었어요. 연초에 내가 애들 수험생 됐으니 부적 하나 하자고 가을이 엄마랑 애기 동자 집에 갔다가 바로 옆에서 들었다니까. 그냥 카더라가 아니야."

"어머머 웬일이야. 진짜야?"

"아 그럼 진짜지! 나도 우리 아들 수능 때문에 골치가 아픈 사람이야. 다른 데 신경 쓰고 싶지도 않다고. 근데 어째? 애기 동자가 날 딱 불러 가지고 그러는데. 이거 이대로 두면 진짜 큰일 나. 우리 동네 사람 줄줄이 죽어 나간다잖아. 나 무서워 진짜."

모여든 상인들이 수군대며 혀를 찼다. 두려움이 번져 갔고 마치 예견된 뭔가가 있기라도 한 듯 알 수 없는 미래는 먹구름 속에 가려졌다.

"그럼 어떡하래?"

"어쩌긴, 굿하래지. 번영회장 불러다가 얘기 한번 해야 돼 이거. 지난번에 편의점에 사고 난 것도 그렇고, 가을이 이상해 진 것도 그렇고. 이게 그냥 둬서 될 일이 아니라니까. 막말로 사람 죽어 나가면 그땐 누가 책임질 거야?"

책임이라는 두 글자는 목구멍을 탁, 치고 말문을 막히게 만들었다. 상가 사무실로 아빠 심부름을 왔던 균이 문 앞에서 그 소리를 모두 듣고 있었다. 터무니없고 한숨만 나오는 실망스런 말들을 들으며 균은 문을 열지도 못한 채 서 있기만 했다.

"뭐 해, 안 들어가고?"

균의 아빠는 상가 번영회장이었다. 큰 키와 듬직한 덩치, 함부로 입을 열지 않는 묵직함 덕에 균의 아빠는 상인들의 신뢰를 받았다. 균이네 가족은 모두 성실하기로는 둘째가라면 서러운 사람들이었다. 하루도 쉬는 날이 없었고, 오로지 성실함 하나로 건물까지 세운 장본인들이었으니까.

"번영회장한테 말해서 굿 한번 크게 하자니까."

"넌 여기 상가 위원도 아니면서 누구더러 굿을 하라 마라야."

"어머머, 형님. 지금 우리 가게 문 닫았다고 빠지라는 거야? 회비 안 낸다고 눈치 줘? 우리 가게 장사 접은 거 아니야. 지금 동네가 어려우니까 잠깐 문 닫은 거지. 판타지아 문 열면 가게도 다시 문 열 거라고. 아, 그러니까 굿을 하자는 거잖아. 솔직한 말로 가을이한테 붙은 귀신이 다른 사람한테는 붙지 말라는 법 있어?"

문밖으로 새어 나오는 소리에 균의 아빠는, 균이 왜 들어가지 않고 서 있는지 알았다. 편의점을 덮친 음주 운전 사고 이후로 동네가 뒤숭숭한 건 사실이었다. 거기에 가을의 실종 사건이 일어나자 갑자기 판타지아가 문을 닫은 것도, 장사가 안되는 것도 전부 원인이 다른 데 있다는 것처럼 이야기가 흘러갔다.

"음료수 무겁다. 내려놓고 가 봐."

하아. 균은 한숨을 내쉬며 들고 있던 음료 박스를 바닥에 쿵, 소리가 나게 내려놓았다. 밖에서 나는 소리에 놀란 한 상인이 사무실 문을 열어 보고는 유난을 떨었다.

"놀래라. 노크를 하든지. 문 열어 달라고 말을 하지."

균은 대답하지 않았고, 균의 아빠는 못 들은 척 사무실로 들어갔다. 균의 아빠를 본 부녀회장 최 씨가 싹싹한 목소리로 말을 걸어 왔다.

"우리가 회장님을 잘 뽑았지. 부자 회장님 있으니까 상가 사무실에 음료수며 과자며, 간식 떨어지는 꼴을 본 적이 없어. 잘됐어요. 안 그래도 회장님한테 할 얘기도 있고. 회장님 우리 조만간 회의 한번 열어야 하지 않아요?"

사람들이 맞장구를 쳤고 균의 아빠는 묵묵히 냉장고에 음료를 채워 넣었다.

"그…… 요번에 일이 좀 많았잖아요. 장사도 어렵고, 다들 힘들고. 우리 이번에 회비 걷은 걸로다가 굿 한번 크게……."

"요즘 같은 세상에 뭐 하러 허튼 곳에 돈을 씁니까. 차라리 기부를 하면 했지. 다 쓸데없는 짓입니다."

동굴에서 목소리가 울리듯, 균의 아빠 목소리가 사무실을 가득 메웠다.

"아유, 알죠. 근데 사람 사는 일이 그렇지가 않다니까요. 요 아래 사거리 애기 동자, 회장님도 아시죠? 왜, 회장님 건물 세울 때 손 없는 날도 봐 주고 했잖아요. 그 집 용한 거야 세상 사람 다 아는 거고."

"흐음."

"애기 동자 말이, 우리 동네 크게 굿 한번 해야 한대요. 안 그러면 줄초상 날 거라고. 아, 이번에 가을이도 귀신 붙어 가지고 큰일 날 뻔했잖아요. 이게 우리만 좋자고 하는 말이 아니라, 회장님 아들한테도 좋은 일이에요. 균이도 그때 죽은 애랑 같은 반이었고……."

"가을이 귀신 안 붙었는데요."

더는 들어 줄 수 없었던 균이 화를 꾹꾹 누르며 말했다.

"뭐, 뭣?"

"멀쩡하게 퇴원해서 집에 갔대요. 그러니까 귀신이니 뭐니 헛소문 퍼트리지 마시라고요."

"어머머 얘 좀 봐. 회장님, 아들 한번 시원하게 잘 키웠어. 어른 앞에서 하고 싶은 말 다 하고. 역시 요즘 애들은 달라도 확실히 다르다니까. 균아. 네가 뭘 알고 하는 소리야? 그럼 가을이가 귀신도 안 붙었는데 왜 그 늦은 시간에 판타지아에 기어들어 갔대니? 뭐, 귀신이 아니면 정신이 나갔다는 거야?"

"아줌마!"

"어머. 너 지금 소리 질렀니?"

"그만 좀 하세요."

"우리도 가을이가 걱정되니까 그런 거 아니야."

"그게 걱정이에요? 사람 죽이는 거지."

"모균. 그게 무슨 말버릇이야?"

균의 말에 잠자코 있던 아빠가 호통을 쳤고, 거기서 끝이었다. 아빠가 언성을 높였다는 건 더 이상 어떤 말도 하지 말라는 뜻이었다. 하지만 균은 아빠 때문에 입을 다문 게 아니었다. 부끄러운 줄도 모르고 말하는 어른들의 무책임함에 더는 할 말이 없었다.

자리를 박차고 나온 균은 계단 끝까지 들려오는 상가 사람들의 목소리를 한마디도 새겨듣지 않았다. 균은 화가 났다. 무사히 돌아온 아이를 그저, 다행이라는 말로 안아 주면 안 되는 걸까. 어째서 이상한 소문들은 사방에 뿌리를 내리고 가지를 뻗어 가는 걸까.

듣기 싫은 말은 듣지 않으면 그만이라고 여기던 균이었다. 아무리 성격 모난 손님이 괴롭혀도 대수롭지 않게 여기던 균이었다. 이렇게 하라면 이렇게, 저렇게 하라면 저렇게, 시키는 대로 하는 게 편했던 균이었지만, 감정을 숨기는 게 솔직해지는 것보다 훨씬 쉬웠지만, 더는 그럴 수가 없었다.

가을에 대한 걱정에 균의 마음은 쩍쩍 갈라졌다. 걱정돼서 보고 싶은 건지, 못 봐서 더 걱정되는 건지, 어디서부터 시작된 마음인지조차 알 수 없었다. 그냥 균은 가을이 보고 싶었다. 실없는 말을 좋알대는 가을이, 배시시 웃는 가을이, 균아 하고 부르는 가을이.

마음은 저물지 못하고 빨갛게 물들기만 하는 노을 같았다.

노을이 너무 짙어서 균은 좀처럼 마음을 감추기가 어려웠다.

"무슨 말도 안 되는 소릴 하고 있어."

갑작스레 찾아온 균을 본 하원과 가을 엄마는 당황할 수밖에 없었다.

"형이 오라면서요."

"아 그거야, 가을이 퇴원했으니까 얼굴이나 한번 보라는 거였지. 누가 짐 싸 들고 들어오랬냐?"

"짐 없어요. 그냥 막 나온 거라. 하루만 재워 주세요."

"우리 집이 호텔이냐? 무작정 찾아와서 하루 재워 달라고 하면 네, 여기 방 있습니다, 하고 내줄 줄 알았냐고. 왜 멀쩡한 집 놔두고 남의 집에서 잔대."

"추운데 그럼 밖에서 자요?"

이 녀석은 뭔데 이렇게 뻔뻔한 거야? 하원은 당당하게 찾아와서는 재워 달라는 균이 어처구니가 없었다.

"너희 집에서 자. 다들 너희 집처럼 방이 네다섯 개 되는 줄 아나 본데 우리 집은 꼴랑 세 개가 전부라 너 재워 줄 방도 없어."

하원이 허리에 손을 올리고 철없는 십 대를 대하듯 말했다.

"가을이는요?"

"자."

딸이 자고 있다고 말하면서 엄마는 입술이 메말랐다. 자식이 자고 있으면 평안한 것이 부모의 마음인데, 어째서인지 엄마는 자꾸만 두려웠다. 딸이 계속 잠만 잘까 봐, 깨어나지 않을까 봐.

병원에서 지난 10년간 묵혀 둔 마음을 토해 낸 딸은, 퇴원 후 집에 오자마자 잠들었다. 첫날은 회복이 필요할 거라 생각했다. 푹 자면 다 좋아질 거라고. 밥 한술 뜨지 않고 온종일 잠을 자는 딸을 보며 불안해지기 시작한 건, 이틀째에도 도무지 깨어날 생각을 하지 않아서였다. 어깨를 흔들어 깨워도, 밥 한술이라도 떠 보라고 해도 가을은 잠에 취한 채 고개를 젓거나 조금만 더 자게 해 달라고 애원 같은 말을 내뱉을 뿐이었다.

엄마는 딸의 시간이 멈춰 버린 것 같았다. 아니, 어쩌면 10년 전 친구를 잃은 날부터 고장 났는지도 몰랐다. 굳게 닫힌 딸의 방문 앞에서 엄마는 딸을 잃어 가는 것 같아 두려웠다. 그런 딸에게 노크를 해 주겠다는 균이, 엄마는 고맙기만 했다. 그래서 엄마는 갈 곳이 없다는 균에게 더 이상 아무것도 묻지 않기로 했다.

"그래. 자고 가."

"거 봐. 우리 엄마도 안 된다고⋯⋯ 어? 아니 잠깐만. 엄마, 안 돼가 아니라 자고 가라고? 어디서? 와, 나 미치겠네. 무슨 짓을 할 줄 알고 시키면 애를 우리 집 거실에 재워? 안 돼."

"네 방에서 같이 자면 되지."

"나 제대한 지 얼마 안 됐어. 남자랑 같이 자는 거 진짜 싫어. 막 몸에서 알러지가 올라온다고."

"밖에 춥다잖아."

"밖이 추운데 왜 우리 집에서 자? 내가 왜 참아? 야, 야! 스탑! 너 이, 씨. 지금 어딜 기어들어 가?"

따지는 와중에도 시선은 균에게 두고 있던 하원이 은근슬쩍 가을의 방으로 들어가려는 균을 잡아 세웠다.

"가을이 방이요."

"그러니까 네가 왜 가을이 방에 들어가냐고. 지금 가을이 잔다니까. 미친 거 아니야? 거기서 뭐 하려고."

"아무것도 안 하는데요."

"아무것도 안 하는데 왜 들어가? 딱 나와. 너 문손잡이 돌리면 바로 주먹 날아갈 줄 알아."

"조금 있으면 문유경도 금방 올 거예요. 안에서 기다릴게요."

"뭐, 뭐 누구, 유경이? 걔…… 걔도 온대?"

"네. 같이 자고 가기로 했는데요."

"야, 그런 걸 왜 허락도 안 받고 너희 마음대로……."

"오지 말라고 할까요?"

"흐음. 흠. 뭐, 친구 걱정돼서 온다는 애를 막 오지 말라고 하는 것도 좀 그렇고. 추우니까 조심히 오라고 하든가."

누군가의 마음이 노을처럼 짙어져 가는 동안, 누군가는 말도 안 되게 갑작스러운 마음을 발견하기도 했다. 그렇게 시간은 다시 흐를 준비를 하고 있었다.

18

　10년 전. 봄이 등교를 하지 않았던 어느 아침이었다. 유난히 주변이 어수선하고 여기저기서 어른들의 속삭이는 목소리가 들려오던 날이었다. 개구쟁이였던 봄은 곧잘 다쳤고, 며칠씩 결석을 하는 일도 잦았다. 그래서 아이들은 그날도 봄의 빈자리를 보며 별다른 생각을 하지 않았다. 하지만 선생님 입에서 믿을 수 없는 말이 흘러나왔고, 아이들은 어리둥절했다.
　"선생님. 근데 왜요?"
　"응?"
　"왜, 봄이가 죽었어요?"
　왜.
　왜냐는 물음에 숨이 턱 하니 막혀 오고 가슴이 무거워지지 않은 사람이 어디 있으랴. 질문을 해 온 아이의 눈동자가 너무도 까맣게 반짝여서, 선생님은 입술을 말아 넣은 채 아무 말도 할 수가 없었다.

하물며 부모는 어떠했을까.

다 엄마 탓이야. 네 탓 아니야, 가을아. 우리 가을이는 아무 잘못도 없어. 전부 다 엄마 탓이야. 엄마가 잘못했어.

자식의 마음에 병이 날까 봐, 원망을 듣더라도 모든 책임을 지더라도 아이가 평안했으면 하는 마음 그뿐이었다.

엄마는 가을을 찾기 위해 애썼던 지난밤, 균에게 고맙다는 말도 하지 못했다는 사실이 떠올랐다.

가을 엄마는 두 손을 가슴에 모으고 깊이 숨을 들이마셨다. 어떻게 전해야 할지, 표현할 수도 없는 고마움이 가슴 깊이 새겨졌다. 가을 엄마는 모든 게 고마웠다. 딸아이를 챙겨 보고 잊지 않고 전해 준 할머니가, 친구를 보러 온다는 유경과 균의 마음이, 살아 있어 준 딸까지.

"봄이를…… 만났다더라. 판타지아에서 봄이랑 놀았다고."

왜 하필 가을일까. 10년이나 지난 일이 왜 지금에서야 이토록 아프게 문제가 되는 건지. 10년이나 지났으면 이제 다 괜찮아져도 되는 게 아닌지.

"저, 이모. 가을이요. 판타지아에서 발견했을 때, 손도 발도 다 따뜻했어요."

영하였다. 해가 쨍쨍히 내리쬐는 순간에도 최고 기온이 1도가 되지 않는 날이었다. 바람은 살결을 에듯 불어왔고 찬 공기는 더 무겁게 내려앉아 사람들의 어깨를 움츠리게 만들었다. 의사는 쓰러진 지 얼마 지나지 않아 발견됐을 거라고 했지만, 그토록 추운 날에는 따뜻한 실내가 아닌 이상 어디에 있었어도 금세 체온이 식어 버렸을 터였다.

"정말로 봄이가 왔는지는 모르겠지만요, 누가 됐든 가을이를 지켜 준 것 같다는 생각이 들었어요."

"……뭐?"

엄마는 가을이 했던 말이 떠올랐다. 사고가 났을 때 누군가 자기를 불렀다고, 그게 꼭 봄인 것 같았다던 말이.

"그날 눈이 많이 내렸잖아요. 근데 가을이 몸에 눈이 하나도 안 쌓여 있었어요. 꼭 누가 안아 준 것 같았어요. 가을이 춥지 말라고."

딸이 춥지 않게 안아 준 누군가가 있었다는 말에 엄마는 가슴이 미어졌다. 흐읍, 울음이 터져 나와 고개를 돌리고 서둘러 눈물을 닦아야 했다. 말이 안 되는 일인 줄 알면서도, 고맙고 미안했다. 그게 설령 산 사람이 아니라고 할지라도.

가을의 방은 어두웠다. 빛 한 점 허락하지 않겠다는 듯 굳게 친 커튼에 작은 등 하나 켜지 않은, 깜깜한 밤 같은 방에서 가을이 잠들어 있었다.

'난 커튼도 안 치고 자. 어둡게 하고 자야 푹 잔다던데 난 그 반대. 너무 깜깜하면 무섭기만 하고 잠이 안 와.'

쫑알대던 가을의 목소리가 떠오른 균은 어둠 속에 웅크리고 있는 가을의 모습에 입술을 깨물었다. 무섭다고 할 땐 언제고. 작은 한숨을 내쉰 균이 커튼을 걷었다. 빛이 마치 기다리고 있던 것처럼 환하게 온 방을 향해 들이닥치자 가을이 몸을 뒤척이며 이불을 머리끝까지 덮어썼다.

"일어나. 지금 몇 시인 줄 알아? 대낮이야. 왜 이러고 자고 있어?"

균의 말에도 가을은 일어날 생각이 없어 보였고, 그런 가을을 보는 것이 균에게는 상처였다.

"야, 빡가. 일어나. 나 왔다고."

"……"

"박가을. 진짜 계속 잠만 잘 거야?"

침묵 속에 서 있던 균이 벽에 기대 털썩 주저앉았다.

"언제 일어날 거야? 나 여기 있는데."

"……"

"가을아."

"……"

"보고 싶어."

목소리 하나가, 가을의 귓가로 들이닥쳤다. 모습은 눈을 감으면 그만이고 향기는 코를 막으면 되지만 소리는, 자신을 향한 다정한 목소리는 아무리 귀를 막아도 들리는 법이니까.

가을은 잠에서 깨어나고 싶지 않았다. 잠은 달콤했고, 어려운 일도 없었다. 꿈속에서 가을은 아무것도 하지 않아도 됐다. 누군가를 애써 잊는다거나, 아무렇지도 않은 척 행동한다거나, 왜 그러는 건지 이해하기 어려운 어른들의 행동을 지켜볼 필요도 없었다. 꿈속에서 가을은 잊으라는 목소리를 더는 듣지 않았다.

가을은 친구들과 뛰어노는 꿈을 꾸었다. 풀기 싫은 학습지는 슬쩍 밀어 두고 친구들의 손을 맞잡고는 동네를 쏘다니며 별거 아닌 것들을 구경했다. 친구들과 함께 있으면 세상 전체가 놀이터였다. 아이스크림 집 앞을 어슬렁대는 아이들에게 아주머니가 콧잔등을 찌푸리며 물었다.

"욘석들. 너희가 여기 왜 왔는 줄 내가 모를 줄 알고? 더운데 강아지마냥 졸졸 따라다니지 말고 여기 그늘에 앉아서 아이스크림이나 먹고 가."

아주머니는 엄마에게 이야기해서 꼭 아이스크림 값을 받을 거라고 했지만 사실 아주머니는 한 번도 받은 적이 없었다. 그렇게 아이스크림 하나를 입에 물고 다시 동네를 돌아다녔다.

알록달록한 색깔에 모양도 가지각색인 풍선을 구경하고 뽑기 방에서 인형을 한참 구경하면서. 놀이동산 주차장에 주차된 차가 몇 대인지, 어떤 색깔 옷을 입은 사람이 더 많은지, 울면서 나오는 아이는 몇 명인지 따위의 온갖 별 볼 일 없는 게임들을 하면서.

꿈속을 헤매며 가을은 친구들과 깔깔대고 웃다가, 티격태격대며 싸웠다가 다시 웃었다. 그러다 문득, 어떤 소리를 들었다. 가을아, 하고 부르는 목소리였다. 나직한 목소리는 이제 그만 잠에서 깨어나라는 듯이, 꼭 그래야만 한다는 듯이 가을을 불렀다.

"언제 일어날 거야? 나 여기 있는데."

목소리 하나에 모든 게 멈추었다. 깔깔대던 웃음소리도, 뛰놀던 사람들도, 날아가던 새들까지도. 내가 꿈을 꾸고 있었나. 가을은 멈춰 버린 세상을 하염없이 바라보며 생각했다.

정말 꿈이었을까. 이 모든 게 꿈이었던가.

"보고 싶어."

다시 한번 선명한 목소리가 날아들었다. 가을은 이제 깨어나야 할 때라는 걸 알았다. 함께 뛰어놀던 봄이 멈춘 세상에 홀로 남아 가을에게 잘 가, 손을 흔들고 있었다.

19

    유경은 어릴 적 친구들과 늘 어울려 놀던 아파트 놀이터에 홀로 덩그러니 앉아 있었다. 발 맞춰 타던 그네, 엉덩방아를 찧던 시소, 거꾸로 올라가곤 했던 미끄럼틀과 시도 때도 없이 달리던 농구장까지. 그네에 앉아 그것들을 하염없이 보았다.
"문유경, 너 어디야?"
"놀이터."
"박가을 보러 온다면서 놀이터는 왜 가 있냐."
    균의 전화에도 유경은 들뜨지 않았다. 세월이 흘러 낡은 놀이터를 바라보면서, 유경은 자신이 훌쩍 커 버렸다는 사실이 믿기지 않았다.
"가을이는 뭐 해?"

괜찮으면 놀이터에 나오라고 할 참이었다. 추운 겨울에도 손을 호호 불어 가며 뛰놀던 그때처럼 실없는 웃음을 흘리며 그렇게 놀고 싶었다.

유경은 가을에게 묻고 싶은 것이 많았다. 정말로 판타지아에서 봄을 만났는지, 무슨 이야기를 나누었는지, 잘 지내고 있던지⋯⋯. 하고 싶은 말이 너무 많아서 유경은 어떤 말부터 꺼내야 할지 몰랐다.

"네가 와서 좀 깨워 봐. 퇴원하고 집에 와서 이틀 내내 자기만 했대. 밥도 안 먹고 물도 안 마시고 잠만 자. 불러도 대답도 안 해. 이제 좀 무서워 나는."

"뭐가 무서운데?"

"⋯⋯그냥 계속 안 일어날 것 같아서."

균의 말에 유경은 입술을 질끈 깨물었다. 가을은 힘들면 잠을 자는 아이였다. 지치고 아플 때마다 가을은 잠을 자고 또 잤다. 가을이 잠에서 깨어나지 않는다는 건, 여전히 아프다는 의미였다.

"지금 바로 갈게."

유경은 그네에서 몸을 일으켜 놀이터를 다시 한번 둘러보았다. 아무도 뛰놀지 않지만 여전히 많은 이야기를 담고 있는 놀이터가 자꾸만 유경을 10년 전, 친구를 잃은 날로 되돌려 보내고 있었다.

"나 왔어."

균과 함께 방으로 들어간 유경은 침대 위에 웅크린 가을을 보고는 걱정되는 마음에 화가 났다. 힘들면 힘들다고 말을 하지. 아팠다고 말이나 해 보지. 바보같이 이게 뭐야.

"일어나. 그만큼 잤으면 됐어."

유경의 말에도 미동 없는 가을을 보며 균이 고개를 숙이고 눈을 내리깔았다. 균이 고개를 숙인다는 건, 아무 말 없이 바닥만 바라본다는 건 슬프다는 의미였다. 어쩔 줄 모를 만큼 감정이 차오를 때면 균은 늘 고개를 숙였다. 10년 전 봄이 떠났을 때도 균은 고개를 숙이고 있었다.

"힘들어도 일어나. 이제 일어나서 밥도 먹고 이야기도 해. 나 왔잖아. 너 보러 여기까지 왔잖아. 일어나. 일어나라니까!"

유경이 가을의 어깨를 흔들었다. 일어나지 않겠다고 하면 찬물을 들이부어서라도 깨울 생각이었다. 유경의 거친 손길에 가을은 어렵사리 눈을 떴고 눈앞에 있는 오랜 친구를 보았다.

"유경이…… 너야?"

"그래, 나다. 너 언제까지 잘 거야? 왜 이러고 있어?"

"……유경아. 나 너무 졸려. 피곤해."

"피곤해도 일어나. 이제 좀 일어나라고! 박가을 너 몇 살이야? 초등학생이야? 왜 사람을 걱정시켜?"

"유경아. 나…… 봄이 봤어."

"알아. 온 동네 사람들이 다 알아. 너만 그 일 겪었어? 너만 친구 잃었고 너만 어렸어? 나도 친구 잃었고, 나도 어렸어. 우리도 너랑 똑같이 겪었다고. 근데 우린 안 그러잖아. 왜 너만 유난인데."

유경이 매섭게 몰아붙이자 균은 한 손으로 머리를 쓸어 올리며 한숨을 길게 내쉬었다.

"왜 아무 말도 안 해? 이제 좀 쪽팔려? 너 혼자 힘든 일 겪었다고 징징대지 마. 우리 내일모레면 스무 살이야. 봄이 일이 언제 적 일인데 그래? 여태 아무렇지도 않게 살다가 왜 갑자기 난리냐고."

"맞네. 너희도 있었지."

말라비틀어진 입술로 가을이 작게 속삭이듯 말했다. 유경은 가을의 목소리에 와락 눈물이 날 것 같았지만 그러지 않았다. 대신 아픔을 이기기 위해 늘 그래 왔던 것처럼 더 차갑고 냉정하게 상황을 마주했다.

"또 봄이 얘기 꺼낼 거면 그만해. 난 그런 얘기 들어 주러 온 거 아니니까. 살아갈 날이 얼마나 많은 줄 알아? 죽자 사자 수능 준비하고 대학 가고, 그러면 끝인 줄 알지? 아니. 취업 준비도 해야 하고 취업하고 나면 앞으로 어떻게 살지도 막막해. 정신 똑바로 차리고 살아."

유경은 나도 늘 봄이를 떠올린다고, 봄이가 어디선가 웃고 있다는 상상을 해야만 안심이 된다고 말하고 싶었지만 그러면 가을이 더 슬퍼할까 봐, 영원히 동굴에서 나오지 못할까 봐 겁이 났다. 그래서 유경은 이를 가는 사람처럼 더 차가운 말을 내뱉을 준비를 했다.

하지만, 하지만 이어진 가을의 말 때문에 유경은 한마디도 할 수 없었다. 입을 열면 당장이라도 울음이 터질 것 같았으니까.

"봄이는…… 아직도 아홉 살이더라."

"……."

"우리 중에 봄이가 제일 어른이 되고 싶어 했는데. 그때 봄이는…… 너무 아팠을 텐데, 무서웠을 텐데…… 아직도 그때에 있는 거면, 그러면 어떡해."

어딘지 모를 곳을 보고 있던 가을의 시선이 유경과 균에게 닿았다. 유경은 마치 급소를 찔린 사람처럼 들이마신 숨을 내뱉지 못했다. 유경이 불러냈던 상상 속의 봄도 늘 아홉 살 아이였으니까.

"유경아. 봄이 죽고 너도 많이 아팠어?"

유경은 애써 고개를 돌린 채 손톱으로 손가락을 찌르면서 참고 참았다.

"균아, 너도 무서웠어?"

"……."

균은 질끈 눈을 감았다. 10년 전 그날, 균도 다른 아이들처럼 엄마에게 봄에 관해 물었다. 엄마는 눈에 불을 켜고 두 번 다시 봄에 관해 묻지 말라고 했다. 엄청나게 화가 난 엄마를 보며 균은 봄을 생각하는 게 아주 큰 잘못처럼 느껴졌다. 그래서 균은 사는 내내 마음에서 머리에서 봄을 지웠다. 지우고 지워서 정말로 다 사라진 줄만 알았다. 하지만 균은 가을의 말을 듣고 나서야 박박 지워 버린 봄의 존재가 흉터처럼 지워지지 않을 깊은 자국으로 새겨졌음을 깨달았다.

"너희도 봄이한테 왜 그런 일이 일어나야 했는지 답답하고 화가 났어? 봄이를 생각하면 미안하고 아팠어?"

유경이 힘겹게 고개를 끄덕였고 더는 참지 못한 눈물이 터져 나왔다. 그 끄덕임에 가을의 눈에도 눈물이 그렁그렁 맺혔다.

"왜 우리는 한 번도 이런 이야기를 안 했어? 왜 10년 동안 봄이를 없었던 사람처럼 잊으려고 한 거야? 나는…… 나만 아픈 줄 알았어. 나만 무서운 줄 알았고 나만 화나는 줄 알았어. 너희랑 봄이 얘기 하고 싶었는데. 그럴 때가 너무 많았는데…… 나는, 너희가 봄이를 잊은 줄 알았어."

"우리가 봄이를 어떻게 잊어? 내가 걔를…… 어떻게 잊어."

목멘 유경의 목소리가 방 안에 울렸다.

"그럼 왜 말 안 했어?"

"봄이가…… 나 때문에 그렇게 된 것 같아서. 내가 그날 봄이한테 집에 가라고 등을 떠밀었어. 봄이가 집에 가기 싫다고 그랬는데⋯⋯ 무서웠어. 나 때문에 봄이가 그렇게 됐다고 사람들이 손가락질할까 봐. 너도 내 탓을 할까 봐. 말할 수가 없었어."

웃는 표정 한 번이면 행복한 척을 할 수 있고, 말하지 않음으로써 잊은 척 굴 수 있으며, 그저 하루를 버티면 잘 살아가는 것처럼 보인다니. 그렇게 간단하게 사람이 사람을 속일 수 있다니. 고작 그런 것들에 가려 소중한 사람의 마음조차 알지 못한다니.

어쩌면 자라지 못한 건 봄이 아니라, 아홉 살 그 시절에 머문 채 몸집만 자라 버린 아이들일지도 몰랐다.

"우리가 잊고 살아서⋯⋯ 봄이는 속상했겠지? 자기를 잊어버려서, 자기 혼자 두고 우리만 커 버려서 마음이⋯⋯ 아팠겠지?"

유경과 균은 가을의 물음에 아무 대답도 할 수 없었다. 셋은 그토록 많은 질문과 아픔을 어떻게 가슴에 품고 살았던 걸까. 그러면서도 어떻게 한 번도 말하지 않을 수 있었던 걸까.

"우리까지 봄이를 잊으면⋯⋯ 누가 봄이를 기억해 줘? 아무도 기억하지 않으면 봄이는 없었던 애가 되잖아. 분명히 있었는데, 나랑 같이 놀고 웃었는데, 그러면 안 되는 거잖아."

가을은 그게 마음에 걸렸다. 누군가 생을 다하면 사람들이 모여 눈물을 흘리고 추억해 주는데, 봄을 위해 울어 준 사람이 있었을까. 눈물을 흘려 주고 추억해 줄 사람이, 봄이한테는 친구 말고는 없었을 텐데. 우리가 너무 어려서, 그래서 봄의 마지막도 배웅하지 못한 게 가슴이 아팠다.

  친구를 잃었는데도 마음껏 울어 보지 못하고, 보고 싶다고도 못 하고 참고 또 참기만 했던 셋은 앞으로 긴 세월을 때때로 봄에 대한 이야기를 나눌 터였다. 늘 밝게 웃던 친구를 그리워하면서, 마음껏 그때의 일에 대해 이야기를 나눌 터였다. 울음을 참을 필요 없이, 보고 싶다는 이야기를 마음껏 하면서. 누구의 눈치도 보지 않고, 아프면 아프다고 감정을 숨기지 않고서, 그렇게 비로소 친구를 보내 줄 터였다.

20

잠이 오지 않는 밤이었다.

유경은 자신이 뒤척이는 소리에 힘들게 잠든 가을이 깰까 봐 조심스레 방을 빠져나왔다. 오랫동안 묵혀 둔 감정이 폭풍처럼 휘몰아친 하루였다. 울다가, 그리워하다가, 두려워하다가, 죄책감을 느끼다가, 서로를 위로해 주면서 친구들은 많은 이야기를 나누었다.

"하아."

피곤이 몰려오는데도 유경은 쉬이 잠에 들지 못했다.

"안 잤어?"

깜짝이야. 낮은 목소리에 놀란 유경이 눈을 동그랗게 뜨자, 소파에서 그림자 하나가 부시시 몸을 일으켰다. 하원이었다.

"뭐 해요?"

"신경 쓰여서 잠을 잘 수가 있어야지."

"균이랑 같은 방 써서요? 오빠 은근히 까다롭네요."

"군대 다녀와 봐. 옆에서 남자 숨소리만 들려도 소름 돋아. 그리고 내가 까다로운 게 아니라 저 자식이 이상한 거지. 오다가다 몇 번 본 사이에 어떻게 같이 잘 생각을 하냐. 불편하게."

"오다가다 몇 번이라고 하기에는, 알고 지낸 지 10년도 넘었는데요."

"그러니까. 그동안 몇 번이나 봤다고."

"하긴. 오빠랑 이렇게 말 많이 한 거 처음인 것 같긴 해요. 저 편의점에서 오빠가 저한테 말 걸어서 진짜 놀랐잖아요."

"왜?"

"오빠가 저한테 먼저 말 건 거는 그때가 처음일 걸요?"

"그랬나."

"네. 솔직히 어릴 땐 오빠가 되게 어른 같아 보였거든요? 내가 초등학교 6학년 때 오빠는 고등학생이었으니까. 네 살 차이인데 그게 엄청 크게 느껴지더라고요. 집에 놀러 가도 오빠는 뭐랄까, 인사도 잘 안 받아 주고 우리를 좀…… 하등 인간 취급을 했달까."

"뭘 또 그렇게까지 가."

"팩트인데요."

완전한 사실임을 강조하듯 유경이 힘주어 말했고 괜히 민망해진 하원은 머리를 쓸어 넘겼다.

"너는 왜 안 자고?"

"엄마 아빠가 제 걱정할 거 뻔히 알면서 여기 있는 게 미안해서요. 오기 전에 엄마 속 한번 뒤집어 놨거든요."

"학원 짤린 거 때문에?"

"뭐 그것도 있고요. 그냥……."

한 번도 어른들의 걱정을 산 적이 없던 유경이었다. 유경은 뭐든 잔소리를 듣기 전에 해치우는 아이였다. 숙제도, 청소도, 양치질도. 엄마 아빠는 그런 딸을 언제나 자랑스러워했다. 그랬던 유경이기에 오늘 밤 엄마 아빠가 얼마나 자신을 걱정하고 있을지, 얼마나 마음 졸이고 있을지 안 봐도 알 것 같았다.

"그거 알아요? 저, 사실 오빠가 좀 한심해 보였어요."

아이 씨, 박가을. 하원은 가을의 방문을 노려보았다. 보나마나 이상한 말들을 잔뜩 해 댔겠지. 쌍욕은 안 했나 몰라.

"저는 아무 계획 없이 하루를 보내는 게 오늘이 처음이거든요. 저 완전 계획형 인간이에요. 폰 보는 시간도 정해 놓을 정도랄까. 근데 오빠는 제대하고 아무것도 안 한다고 하길래 좀 이상했어요. 그럼 오빠는 뭐 해요? 복학도 안 한다면서요."

"박가을이 그런 이야기도 해?"

"생각보다 우리가 절친이라."

복학 안 하면 뭘 할 거냐고 묻는 사람들이 많았다. 부모님도 친구들도 다들 무엇을 하는지가 중요한 모양이었다. 그때마다 하원은 제대로 된 대답을 한 적이 없었지만 이번만큼은 진짜 속마음을 털어놔 버리기로 했다. 그래도 될 것 같은 밤이었으니까.

"내가 누군지 좀 알아보려고."

"네?"

스무 살도 넘어 자신을 알아 가는 중이라는 말이 무슨 의미인지 유경은 전혀 이해가 되지 않았다. 나는 그저 나인데, 나를 알아 가기도 해야 하나.

"군대에서 유언장 비슷한 걸 쓰라길래 내 인생 마지막에 대해 생각을 좀 해 봤지. 근데 인생 마지막에 뭘 해야 하는지 모르겠는 거야. 아, 내가 좋아하는 게 뭐지? 나를 모르겠더라고. 내가 아침형 인간인지 저녁형 인간인지, 그저 학교 때문에 일찍 일어난 건지. 내가 좋아하는 게 자극적인 음식인지, 아니면 다들 그게 맛있다고 하니까 맛있게 먹은 건지."

유경은 하원의 목소리에 귀를 기울였다. 나지막히 말하는 하원의 덤덤한 목소리가 듣기 좋다고 생각하면서. 조금 더 오래 듣고 싶다고 생각하면서.

"수많은 시간을 책상 위에서 보내면서도 나는 진짜 내가 뭘 좋아하고 어떤 사람인지 생각할 여유가 없었더라고. 평생을 남들 하라는 대로 하고 살았는데, 내가 뭘 좋아하고 싫어하는지 제대로 알려면 적어도 1년은 걸리지 않을까."

"좋아하는 거 찾는 데 무슨 1년씩이나 걸려요? 놀고 싶어서 핑계 대는 허세 같은데."

"그럴 수도 있지. 근데 나는 나를 위해서, 오롯이 내가 원하는 걸 하면서 1년을 보내 본 적이 한 번도 없거든. 뭘 해야 하니까 하는 거 말고. 남들이 다 하니까 하는 거 말고. 정말로 내가 좋은 거. 내가 싫은 거. 그걸 알아야 앞으로의 내가 불행하지 않게 살 수 있을 것 같아서. 평생에 1년 정도는, 완전히 나를 위해 써도 되지 않을까."

"어른이 되는 건 어때요? 뭐가 많이 다른가."

유경이 다가와 바닥에 앉으며 소파에 등을 기댔다. 하원의 눈에 유경의 옆모습이 그림처럼 들어왔다.

"별 볼 일 없지."

"별 볼 일 없는 거라면 왜 어른이 돼야 하는 건데요?"

"글쎄. 되고 싶지 않아도 어른은 되어야 하니까?"

쓸쓸함이 묻어나는 대답에 유경은 피식 웃음을 지어 보였다. 봄이 그토록 되고 싶어 하던 어른이 별 볼 일 없는 거라는 사실에 허탈함을 느꼈는지도 몰랐다.

"가을이 같은 애가 동생이면 어때요?"

"어우, 겁나 짜증 나지."

"짜증 나요? 의외네. 저는 가을이 싫다는 사람 처음 봐요."

거실 창으로 가로등 불빛이 새어 들어왔다. 하원이 고개를 돌려 유경을 바라보았다. 볼록한 이마와 부드럽게 이어지는 콧대를 한참이나 눈에 담았다.

"나는요. 가을이랑 있으면 내가 너무 초라해 보여요. 가을이는 착하고 다정하잖아요. 근데 나는 너무 못되고 차가운 애니까."

"누가 그래? 박가을 그거 성질 머리 장난 아니야."

"가을이는, 뭐든 열심히 하잖아요."

"지랄할 때도 열심히 지랄이지."

"반 애들도 다 가을이 좋아하거든요? 근데 저는 불편해해요. 가끔은 우리 엄마도 내 눈치를 보는 것 같다니까요."

"박가을이 밖에서는 가면을 되게 잘 쓰고 사나 본데, 우리 집도 다 박가을 눈치 봐. 그거 성질이 그 모양이라서 어디다 쓰냐."

"난 가끔 가을이가 되고 싶을 정돈데. 나도 가을이 같은 애였으면 좋겠다."

"니 추구미가 박가을이야?"

진심으로 의아하다는 하원의 말에 유경은 자신도 모르게 웃음을 터트렸다.

"추구미까지는 아닌데요."

"그래야지. 어우, 나는 네가 박가을처럼 된다고 하면 소름 돋을 것 같아."

"오빠만 그렇게 생각하지, 다른 사람들은 다 가을이 좋아해요."

"엿이나 먹으라 그래."

"진짠데. 가을이는 뭐랄까, 사람들이 선호하는 걸 다 가지고 있다고 할까."

"그런 개소리는 처음 듣는다. 네가 박가을보다 백배 천배는 낫지."

너무도 단호한 말투에 유경은 다시 웃음을 지었다.

"오빠가 절 몰라서 그래요. 저 엄청 까칠해요. 짜증도 많고 예민하고. 돌려 말하는 거 할 줄 모르고, 싫은 거 있으면 그 자리에서 바로 말해야 직성이 풀리고. 그야말로 사람들이 불편하게 여기는 모든 걸 갖추고 있다고나 할까. 심지어 전 잘 웃지도 않아요. 누가 그러더라, 웃음 참기 챌린지 하는 애 같다고."

"그래도 네가 나아."

"왜요?"

유경의 물음에 하원은 뭐 그렇게 당연한 걸 묻느냐는 듯 쉬지도 않고 답했다.

"넌 예쁘잖아. 박가을이랑 비교가 되냐. 너처럼 예쁜 애가 맨날 웃기까지 하면 보는 사람 심장 터져서 살아지겠⋯⋯."
"네?"
 그제야 자기가 무슨 말을 하고 있었는지 깨달은 하원이 급히 말끝을 흐렸다. 유경은 놀랐고 하원은 더 놀랐다. 얼굴이 붉어진 하원이 자리에서 벌떡 일어났다.
 "그, 그게 그러니까 내 말은⋯⋯ 아무튼 네가 박가을보다는 백배는 낫다고."
 "아⋯⋯ 네. 고맙습니다."
 "어, 어. 그래. 먼저 들어갈게. 아, 그리고 너 진짜로 예뻐. 그러니까 너무 웃고 다니지 마."
 후회할 줄 알면서도 하게 되는 말이 있다. 가슴에 담아 둔 진심은 때로 그렇게 전해지기도 한다. 하원은 말을 내뱉음과 동시에 후회했고 얼굴을 찌푸리며 방으로 성큼 걸어 들어갔다. 주변이 어두워서 다행이라고 생각하면서. 그리고 유경은⋯⋯ 심장이 얼굴에서도 뛸 수 있다는 걸 처음 깨달았다.
 그날 밤. 두 사람은 잠을 이루지 못했다. 하원은 침대에서 이불을 걷어차다가 주먹으로 베개를 사정없이 때리다가 다시 얼굴을 파묻었다. 유경은 자꾸만 더워지는 공기에 일어났다 누웠다를 반복하며 손부채질을 해 대야 했다. 그렇게 따뜻하고 보드라운 밤이 깊어지고 있었다.

21

"왜 이렇게 조용해?"

부시시한 얼굴로 유경과 가을이 거실로 걸어 나왔다.

"아저씨는 출근하고 이모는 어디 갈 데 있다고 하시던데. 너희 일어나면 먹으라고 아침 해 놓고 가셨어."

균의 말에 한 사람이 빠져 있었기에 유경은 슬쩍 주변을 살폈다.

"오빠는 아직 자?"

"아니. 형은 좀 전에 어디 나가던데."

"아침부터 어딜 그렇게 갔대. 쓸데없이 부지런하네."

누구 때문에 내가 잠도 못 잤는데. 실망한 기색이 역력해진 유경이 머리를 질끈 묶으며 소파에 앉았다. 겨울 햇살이라기엔 너무도 맑고 밝은 빛이 거실 가득 새어 들고 있었다.

"굳이 따지자면 아침이라기보다는 점심이지. 지금 열한 시 반이야. 야, 근데 너희 둘 괜찮냐?"

"응, 괜찮아. 어제 말을 하도 많이 했더니 목이 좀 칼칼하긴 한데 다른 건 좋아. 가을이 너는?"

유경의 물음에 가을이 배시시 웃으며 답했다.

"나도. 근데 나 눈이 잘 안 떠져."

누구의 눈치도 보지 않고 울고 싶은 만큼 펑펑 눈물을 쏟아 본 게 언제였더라. 가을과 유경은 균이 자러 간 뒤에도 한참 동안이나 더 이야기를 나누었다. 사소한 일에 깔깔대며 웃다가 자라지 못한 마음을 말하며 울기도 했다. 마치 커다란 주머니에 숨겨 두었다가 와르르 꺼내 놓기라도 한 것처럼 마음들이 우르르 쏟아져 나왔다. 그 덕분에 아침에 통통 부은 얼굴과 마주해야 했지만, 눈이 잘 떠지지 않는 지금의 상황도 우습기만 할 뿐이었다. 그런 둘을 균은 심히 걱정스럽다는 듯 바라보았다.

"안 괜찮은 것 같은데."

"괜찮다니까."

"보는 사람이 안 괜찮아. 너희 지금 되게 심각해."

균의 농담에 가을은 히죽 웃고는 물을 마셨고, 유경은 투덜대며 화장실로 향했다.

"뭘 또 그렇게까지 오바야. 얼굴 좀 부은 것 가지고…… 뭐야. 내 얼굴 왜 이래? 이 정도였다고?"

이런 씨. 유경은 눈을 질끈 감으며 한숨을 내쉬었다. 어젯밤, 하원과 마주했을 때도 이런 몰골이었을까. 이런 얼굴이었으면 오빠 좀 무서웠겠는데. 이게 귀신이지 사람이야?

"야. 균아. 우리 얼음! 얼음 좀 줘 봐."

"한겨울에 얼음 같은 소리 하네. 밥이나 먹어."

모두가 식탁에 앉아 밥을 먹기 시작했다. 실없는 농담을 나누고 웃기지도 않은 장난을 치면서 온전한 시간을 누렸다.

"근데 어제 유경이 네가 그랬어?"

"뭘?"

"보고 싶다고 일어나라고. 나, 그 소리에 깼거든."

깨고 싶지 않던 꿈마저 깨게 만들던 다정한 목소리를 가을은 기억하고 있었다. 삼키던 밥이 컥, 하고 목구멍에 걸려서 캑캑대는 균의 등을 가을이 두드렸다.

"괜찮아?"

괜찮다는 손짓을 하며 얼른 물을 벌컥벌컥 마시는 균을, 유경이 의미심장한 얼굴로 바라보았다.

"할 거면 제대로 하지, 뭘 자고 있는 애한테 했대."

궁시렁대는 유경의 말이 균의 귓가로 정확히 날아들었다. 몸이 굳은 채 유경의 눈치를 살피는 균과, 무슨 상황인지 영문도 모르는 가을이었다.

"어?"

"아니야, 아무것도. 그냥 되게 못마땅한 마음 하나가 있는데 의리로 모른 척해 주려고."

"뭔 소리야?"

가을이 되묻자 균이 벌떡 일어나 말을 돌렸다.

"무, 물 줘? 내가 물을 다 마셨네."

"으휴, 등신."

유경은 눈을 흘기며 밥을 숟가락 가득 떠 입에 넣었다. 좋으면 좋다고 말이나 해 보지, 뭔 놈의 마음을 3년이나 숨겨? 유경은 균이 답답했다. 말하지 않으면 마음은 허공에 둥둥 떠다니다가 아무것도 아닌 게 되어 버린다는 걸 알고 있었으니까.

"우리 진짜 판타지아 갈 거야?"

가을의 물음에 유경이 대답 대신 균을 바라보았다. 균은 젓가락질을 멈추고 가을과 유경을 바라보았고, 잠시 동안 셋은 침묵 속에 어젯밤을 회상했다.

지난밤, 세 아이는 아홉 살이 되었다가 다시 열아홉이 되었다. 10년의 세월을 그 짧은 순간에 오가는 밤을 보내며 셋은 늘 함께였지만 동시에 함께하지 못했음을 깨달았다.

"내가 이상한 거지?"

너무 많이 울어서 빨개진 눈을 하고서 봄을 봤다고 말하는 가을을, 균은 꼭 끌어안고 싶었다. 떨지 말라고, 아무 일도 일어나지 않는다고, 다 괜찮아질 거라고. 품에 가을을 안고 속삭여 주고 싶었다.

"누가 그래? 너 안 이상해."

균이 말했을 때, 유경은 균의 얼굴을 보았다. 제 말문을 막히게 했던 균의 까만 눈동자가 가을을 향하고 있었다. 유경은 더 이상 질투가 나지 않았다. 대신 저 까만 눈동자가, 저 단단한 마음이 가을의 곁에 있어 주어 다행이라는 생각을 했다.

"균이 말이 맞아. 네가 왜 이상해? 나도 봄이 봐. 나도 매일같이 봄이 생각해. 근데 가을아. 그건 내 죄책감이고 그리움이지, 진짜 봄이가 아니야. 봄이는 없어."

"아니야, 진짜 봄이였어."

가을은 봄이 울었을 밤을 생각했다. 가족들이 모여 TV를 보고 사소한 일로 다투던 밤에, 밥을 먹고 하하호호 웃음 짓던 밤에, 가족에게 퉁명스레 군 걸 후회하던 밤에, 친구에게 장난을 치며 까르르 웃던 밤에, 밀린 숙제에 짜증을 내던 밤에.

그 모든 밤에 봄은 혼자였을 터였다. 부모라는 이름으로 아홉 살 작은 아이에게 매질을 해 대던 사람들 말고는 아무도 없이.

"봄이는 아직도 거기에 혼자 있어. 얼마나 무서웠겠어. 우리가 오기를 기다리면서, 이렇게 추운데……."

가을의 입술이 파르르 떨렸을 때, 균은 가을이 여전히 봄을 떠나보내지 못했다는 걸 알아차렸다.

"가자. 판타지아."

"뭐, 거기 가서 뭘 하려고?"

유경의 물음에 균은 분명하게 말했다.

"아무것도 없는 걸 확인해야지."

"그걸 왜 확인해? 너도 진짜 봄이가 거기 있다고 믿어?"

"가을이가 믿잖아. 거기서 정말로 봄이를 보내 주자. 잊자는 게 아니라, 기억하면서 보내는 거야. 그래야 우리가 계속해서 봄이를 기억할 수 있으니까. 다 같이 가자."

셋은 가장 가까운 마음으로, 가장 서로를 위하는 마음으로 봄을 기억할 것을 약속했다. 그리고 지금, 가을은 그 약속을 친구들에게 묻고 있는 거였다. 균은 가을의 눈을 가만히 들여다보면서 고개를 끄덕였다.

"당연히 가야지. 그러기로 약속했잖아."

그러는 동안 셋이 함께한 약속을 다른 누군가도 듣고 있었다는 건 꿈에도 생각하지 못했다. 아이들이 서로의 이야기를 나누는 동안 방문 앞에서 뜨거운 돌판 위를 걸어다니듯 안절부절못하던 사람이 있었다는 사실을. 아이들의 마음을 애달파

하며 약속을 지켜 주기 위해 자리를 박차고 나간 마음이 있었다는 사실을 아이들은 알지 못했다.

"바빠 죽겠는데 아침부터 모이라고 난리더니, 이런 말이나 하자고 그랬대?"
"내 말이! 아휴, 내가 증말 듣다 듣다 어이가 없어서."
"사람이 염치가 있어야지. 애 없어졌다고 온 동네를 뒤집고 손님들 불안하게 만든 지 한 달이 지났어, 일주일이 지났어? 근데 또 뭘 한다고?"
상가 사무실이 불만으로 소란스러웠다. 가을 엄마가 고개를 숙인 채 손가락질을 고스란히 받고 있었다. 가을 엄마는 균의 아빠에게 부탁해 상가 사람들뿐만 아니라 동네 사람들을 최대한 모으려 애썼다. 반대에 부딪힐 거라는 걸 뻔히 알면서도 엄마는 망설일 수가 없었다.
"그래서, 우리더러 지금 애들끼리 판타지아 들어가게끔 도와 달라 이 말 아니야?"
음주 운전 사고에 가을이 사건까지 더해지자, 판타지아에 대한 민원이 급증했다. 경찰은 판타지아 주변으로 CCTV를 더 달았고 그걸로 모자란다는 듯 정문은 물론 후문까지 쇠사슬이 칭칭 감겼다.
"아이구 참 나. 뻔뻔하기도 하지. 판타지아가 누구 때문에 문을 닫았는데. 그 집 남편이 문 닫게 만들었으니까 그 집 남편한테 말해. 왜 우리더러 난리야, 난리길."

"거기 애들 들어가서 사고라도 나면 누가 책임져요? 문 닫은 지 몇 년이야. 이 추운 날에 녹슬어서 삐걱거리는 기구가 한둘이겠어요."

"맞아요. 지금도 장사 안 돼서 아주 딱 죽게 생긴 판인데, 거기 애들 들어갔다가 누구 하나 다치면 다 우리 책임이라고 할 거 아냐."

여기저기서 볼멘소리가 터져 나왔다. 이야기를 들어 달라고 아무리 애원해도 사람들의 불만 가득한 목소리는 커져만 갔다.

"부탁드립니다. 애들 생각해서 한 번만 도와주세요."

"아유. 뭘 자꾸 애들을 생각해 달래? 열아홉이 애는 무슨 애야. 회장님은 어떡할 거야? 애들 들여보낼 거야?"

"아 뭘 물어. 다 같은 편이지. 회장 아들내미랑 저 집 딸내미랑 내내 어울리는데. 거 10년 전에 죽은 애랑도 어울렸을걸. 가재는 게 편이라고 이런 자리 마련해 줬을 때부터 회장도 끝났어. 막말로, 회장네는 먹고살 만하겠다 문제 될 게 뭐가 있어. 우리만 죽어 나가는 거지."

"내 말이 그 말이에요. 귀신 들렸다는 소문 나면 누가 여기에 고길 먹으러 와? 우리도 저 위에 판타지아 상가처럼 다 죽게 생겼어. 아유, 모르겠고. 난 가서 장사 준비나 할래. 아주 골 아파 죽겠어."

사람들이 하나둘 떠나기 시작했다. 가을 엄마는 나가려는 사람들의 손을 잡고 고개를 조아리며 다시 한번 부탁을 해 봤지만 다들 손을 절레절레 저을 뿐이었다. 좌절하듯 깊은 한숨을 내쉬며 손으로 이마를 짚은 가을 엄마를, 균의 엄마가 딱딱한 표정으로 불러 세웠다.

"가을 엄마, 나랑 얘기 좀 해. 왜 멀쩡한 우리 아들까지 문제 있는 애 만들어? 가을이랑 어울린다는 이유로 우리 균이까지 이상한 애 취급받아야 되겠어?"

"그게 무슨 뜻이야?"

"우리 균이, 가을이랑 어울리면서 이상해졌어. 생전 내 말 안 들은 적이 한 번도 없던 애야. 균이 어제 거기서 잤지? 이제 내 전화도 안 받는 거 알아? 애 착하다고 이용해 먹지 마. 판타지아니 나발이니, 우리 아들은 빼라고."

가을 엄마는 말문이 막혔다. 함께 아파하진 못해도 적어도 공감은 해 줄 줄 알았는데.

"언니. 균이 진짜 빼도 되겠어요?"

아무 말 없이 멀찍이 앉아 있던 유경 엄마가 둘을 향해 다가왔다. 유경 엄마도 밤새 걱정이 많았는지 얼굴이 수척해 보였다.

"무슨 의미야?"

"균이는 정말로 괜찮은 게 맞나 해서요."

"왜 이래 유경 엄마까지. 그럼 우리 균이도 가을이처럼 미쳤다는 거야?"

"말 가려서 해!"

균의 엄마 말에 가을 엄마는 자신도 모르게 목청을 올렸고, 균의 엄마는 더 큰 소리로 악을 쓰며 받아쳤다.

"뭘 가려서 해! 우리 아들까지 미친놈 만든 게 누군데!"

균의 엄마 눈에는 이제 독기만 남아 있었다.

"나도 그런 줄 알았어요. 우리 유경이는 별 탈 없이 크고 있구나, 우리 유경이만 괜찮으면 되지, 그러면서."

유경 엄마의 말에 균의 엄마가 찌푸린 얼굴로 바라보았다.

"근데 아니더라고요. 유경이가 그러데요. 자기도 아팠다고. 봄이 그렇게 죽고 모른 척 사는 게 힘들었대요. 나는 내 딸이 그렇게 아픈 줄도 모르고, 가슴이 썩어 문드러졌는지도 모르고…… 우리 딸은 잘 산다고 확신했어요."

"내 아들은 내가 더 잘 알아. 유경 엄마가 뭘 아는데."

"유경이가 자기는 클 수가 없었대요. 몸은 자꾸 커지는데 마음은 아홉 살 때 그대로, 그때 그 죄책감으로 산대요."

"……"

"언니. 나는 우리 딸이 마음도 컸으면 좋겠어요. 그래야 살죠. 그래야…….”

10년 전. 작은 아이가 죽었다. 뉴스에는 고작 한마디 언급됐을 뿐인 죽음이었지만, 누군가에게는 평생이었다. 아프고 어두워서 한 걸음도 나아갈 수 없는 슬픔이 모두에게 연기처럼 자욱하게 깔려 있었다.

22

집으로 가는 길, 균은 발걸음이 무거웠다. 가을이네 집에서 친구들과 보낸 하룻밤이 아주 먼 과거의 일처럼 느껴졌다. 어쩌면 유난히 생생한 꿈을 꾼 것일지도 모르겠다는 생각을 하면서. 밤새 엄마에게서 열 통이 넘는 전화가 왔지만 한 통도 받지 않았다. 대화가 아닌 일방적인 목소리만 들려올 게 뻔했으니까.

"균이한테도 이유가 있겠지. 좀 기다려 줘."

현관문을 열고 들어간 균은 안방에서 들려오는 아빠 목소리에 멈칫할 수밖에 없었다. 늘 바쁘기만 하던 부모님이 집에 있다는 사실에 한 번 놀랐고, 자신의 이야기를 나누고 있어 두 번 놀랐다. 균은 신발도 벗지 못한 채 현관에 서 있어야 했다.

"당신 정말 제정신이야? 가을이 귀신 본다잖아. 그런 애 옆에 균이가 가겠다고 하면 잡아끌어서라도 안 된다고 해야지."

"그냥 좀 내버려둬. 균이도 숨 좀 쉬게 두라고. 뭐가 균이를 위한 일인지 아직도 모르겠어?"

"균이를 위한 일이 뭔데? 당신이 뭘 아는데. 나 다 알아! 당신 말만 그러지, 균이를 정말 한 번이라도 아들이라 생각한 적이 있기나 해?"

"무슨 말을 하는 거야?"

"솔직히 균이, 피 한 방울 안 섞였잖아. 그런 애가 뭐 그리 예쁘다고 아들로 여기겠어. 그러니까 애가 낭떠러지로 가는 걸 보고도 그냥 두라는 이야기를 하지."

엄마의 목소리가 칼날처럼 날이 서 있었다. 균은 보지 않아도 엄마가 어떤 표정을 하고 있는지 알 것 같았다. 찡그린 눈썹과 미간 사이의 주름, 당장이라도 떠나 버릴 사람처럼 차갑고 매서운 눈으로 아빠를 바라보고 있겠지.

"당신이 뭘 했는데? 균이 크는 동안 뭐 한 게 있냐고."

"그만해."

"그만하긴 뭘 그만해. 돈만 벌어 주면 애가 크는 줄 알아? 말만 아빠지 당신이 제대로 아빠 노릇 한 적이 있어?"

"당신이 기회를 안 주니까."

"또 내 핑계지. 아들한테 아빠 노릇 하는 데 무슨 기회가 필요해? 솔직하게 말해 봐. 균이가 친아들이 아니라서 정이 없는 거잖아!"

균은 늘 참는 아이였다. 친구의 죽음에 혼란스러웠을 때도, 엄마가 매섭게 다그칠 때도, 가을을 향한 마음조차도 균은 참아 냈다. 균이 자라는 내내 겪고 배운 것이라고는 견디는 것이 전부였으니까. 그랬기에 균은 이번에도 그만 좀 하라고 소리 지르는 대신 참는 편을 택했다. 눈을 질끈 감고 자리를 뜨려는 균의 발목을 잡은 건, 늘 무뚝뚝하기만 하던 아빠의 낮은 목소리였다.

"당신이 내가 균이 가까이 가는 거 무서워하니까."

"······뭐?"

엄마는 마음이 아픈 사람이었다. 아빠는 자신이 균 가까이 가면 흠칫 경계하는 아내를 알고 있었다. 아내를 놀라게 하지 않으려 아빠는 균과 거리를 두었다. 하지만 균은 밤마다 아빠가 자신의 방문을 조심스레 열어 본다는 걸 알았다. 아빠는 잠든 균의 머리를 가만히 쓰다듬거나 아주 작은 목소리로 질문을 했다. 별일 없지? 학교는 다닐 만하냐. 아빠랑 언제 자전거 탈 거야? 낚시는 언제 같이 갈까. 우리 축구도 해야 하고 할 게 너무 많은데 그치? 엄마 조금만 더 있으면 괜찮아질 거야. 그때 같이 하자. 녀석, 언제 이렇게 많이 컸어. 어떻게 혼자······

이리도 많이 컸어.

"당신 위해서, 당신 마음 편하라고. 살다 보면 언젠가는 믿어 주겠지 싶어서 참고 또 참았어. 균이 자전거 처음 배울 때, 내가 얼마나 가르쳐 주고 싶었는 줄 알아? 균이랑 하고 싶은 게 너무 많았는데…… 내가 균이 근처만 가도 당신이 소스라치니까. 갈 수가 없었다고."

커다란 곰 같던, 찔러도 피 한 방울 나오지 않을 것 같던 아빠의 눈시울이 붉어졌다. 균의 집 창고에는 아직 뜯지도 않은 낚싯대와 축구공이 있었다. 10년 전 포장 그대로, 언제고 아빠가 아들과 함께하길 바랐던 꿈 그대로. 아빠는 때를 기다리느라, 엄마는 두려운 과거 속에 사느라, 그렇게 아들은 홀로 자라 어느새 훌쩍 커져 있었다.

"당신이랑 균이 내가 지켜. 내가 보호한다고. 언제까지 못 믿을 거야? 우리 같이 산 지 10년도 더 됐어. 이제 그만 믿어도 된다고. 나는 당신 때리던 쓰레기 새끼랑은 달라."

떨리는 아빠의 목소리에 균은 더 이상 참을 수가 없었다.

"균, 균아."

벌컥 안방 문이 열리고 균의 얼굴을 마주했을 때 부모는 그저 시간을 되돌리고 싶다는 생각을 했다. 아들에게 보여 주고 싶지 않던 모습을, 절대로 들려주고 싶지 않던 말을 모두 주워 담고 싶었다.

"그게 무슨 말이야?"

"균아. 아, 아무 것도 아니야."

엄마의 눈꺼풀이 파르르 떨려 왔을 때 균은 어린 시절, 엄마가 자주 했던 말이 떠올랐다.

'우리 균이 엄마가 지켜 줄 거야. 무슨 일이 있어도 지켜 줄 거야.'

엄마는 어린 균에게 늘 지켜 주겠다고 했다. 왜 그리 지켜 준다는 말을 많이 했던 건지, 균은 이제야 알 것 같았다.

"그 사람이 엄마를 때렸어?"

엄마는 입술을 앙다물었다. 아들은 죽을 때까지 몰랐으면 하는 일이었다. 그 끔찍한 기억을 본인만 가지길 바랐다. 아이는 빨리 잊는다고, 어린애들은 기억 못 할 거라는 말들이 엄마가 살아갈 수 있는 버팀목이었다. 하지만······.

"아팠어?"

아들의 한마디는 엄마를 휘청이게 했다. 전남편의 주먹이 날아오던 날, 으앙 울음을 터트리는 어린 균을 품에 꺼안으며 솜털 하나 다치지 않게 하려고 온몸으로 폭력을 막았던 지난 날이 떠올랐다. 아무리 입술을 깨물며 참아도 눈물이 새어 나왔고 아무리 눈을 감아도 잊히지 않았다. 어둡던 새벽녘, 네 살배기 어린 아들을 안고 살기 위해 도망쳐 나오던 날의 두려움이.

"나는 엄마가 너무 버거웠어. 엄마는 왜 날 싫어할까, 왜 눈길 한번 안 줄까, 왜 다른 애들 엄마랑은 다를까…… 늘 고민이었는데."

균은 엄마가 자신이 짐작도 못 할 두려움 속에서 살아가고 있었음을 깨달았다. 늘 커 보였던 엄마가 툭 치면 부서질 듯 아슬아슬하게 살아온 작은 여자였음을.

"엄마…… 나 이제 다 컸어. 이제 그만 지켜 줘도 돼."

흐읍. 엄마는 주저앉아 평생을 참아 왔던 울음을 터트렸다. 눈앞으로 매섭던 지난날들이 스쳐 지나갔다.

"그러니까 엄마. 나 좀…… 나 좀 살게 해 줘. 나 너무 힘들어."

힘들다는 아들의 고백에 엄마는 숨 쉬는 것도 잊은 채 그 자리에 굳어 버렸다.

"놀이터에서 같이 놀던 친구가 죽었는데 무슨 일이 일어난 건지 누구한테 물어야 하는 건지도 모르겠더라. 밤마다 악몽을 꾸고 꾸고 또 꾸는데……."

'엄마. 무서워.'

'무섭긴 뭐가 무서워. 얼른 가서 자.'

밤마다 무섭다며 안방 문을 두드리는 아들의 등을 엄마는 매몰차게 밀어냈다. 엄마는 혹여나 아들이 안방으로 들어오는 걸 남편이 못마땅해할까 봐, 그래서 아들을 미워할까 봐 불안한 마음에 잔뜩 예민해져 있었다.

무서워서 못 자겠다던 아들을, 친구를 잃은 아이를, 불안에 떠는 아홉 살짜리 어린애를 향해 엄마는 너는 이제 다 컸으니 얌전히 굴라고 다그쳤다. 한 번도 제대로 안아 주지 못했다. 그런 아이도 자라다니, 이토록 단단하고 크게 자라나다니.

아니다. 엄마가 틀렸다. 균이 모진 엄마 곁에서도 단단하게 자랄 수 있었던 건 남몰래 잡아 주던 손길이 있었기 때문이다.

"그때마다 괜찮다고 해 준 거 아빠였어."

균은 아빠가 생기던 날을 생생하게 기억했다. 일곱 살 아이에게 없던 아버지가 생긴다는 건 하늘이 새로 생기는 일과 같았으니까. 곰같이 큰 덩치에 우락부락 무섭게 생긴 얼굴, 목소리는 어찌나 낮고 무거운지. 균은 새로 생긴 아빠가 낯설었다.

균의 아빠는 무뚝뚝한 남자였다. 술을 먹지 않으면 다른 사람에게 먼저 말을 걸거나 살갑게 웃는 일이 없었다. 균에게 다정한 말 한번 건네지 않는 이유를 사람들은 균의 친부가 아니기 때문이라고 속닥였다.

"돈이 많으면 뭐 해. 균이 엄마가 어디 한번 쉬길 해? 옛날 머슴이나 다름없지. 하여간에 속 시끄러운 집이야."

사람들이 아무렇게나 말을 옮길 때에도 균의 아빠는 입을 다물었다. 화를 내지도, 변명을 하지도 않았다. 그저 묵묵히 일을 할 뿐이었다.

그래서 균의 아빠가 균을 미워했느냐고? 균을 남의 아이라고 생각하면서 눈엣가시로 여겼느냐고? 하늘에 맹세코, 균의 아빠는 단 한 번도 그런 생각을 한 적이 없었다.

어린 균은 새아빠를 볼 때마다 잔뜩 움츠러들었다. 친부가 가정 폭력을 일삼았다는 걸 알았기 때문에 아빠는 균에게 쉽게 다가가지 못했다. 남자에 대한 두려움이 있는 아이에게 어떻게 다가가야 할지 몰랐으니까.

균이 조금씩 아빠에게 마음을 열기 시작했을 때쯤, 일이 터졌다. 친부모가 아이를 학대했고 아이가 죽어 가는 동안 동네 사람들 모두가 그 사실을 알지 못했다. 그맘때쯤 아내가 변했다.

"모균! 너 아빠 힘들게 하지 말랬지. 아빠 쉬게 둬. 혼자 놀아, 혼자!"

아들에게 다가갈라치면 잽싸게 달려와 균을 빼앗듯 데려갔다. 아빠 노릇을 할 기회를 모두 앗아 갔다. 그걸 아내는 남편을 위한 일이라 생각했고, 아빠 역시 아내가 원하는 일이라 여겼다.

하지만 누군가 균을 아프게 한다면 아빠는 한 치의 망설임도 없이 균을 위해 몸을 내던졌을 것이다. 그는 한 번도 균의 아버지가 아닌 적이 없었다. 그리고 그 사실을 균은 알고 있었다.

밤마다 찾아와 얼굴을 쓰다듬어 주고 때로는 다정히 손을 맞잡아 주던 사람이, 그렇게 두려운 밤을 이겨 낼 수 있게 해 준 사람이 아빠라는 걸 알고 있었으니까.

엄마는 그 모든 걸 너무 뒤늦게 알아챘고 홀로 방 안에 누워 두려움에 몸서리치다 잠들던 아이는 이제 엄마보다 훨씬 더 크게 자라 있었다.

그때 엄마의 눈에 남편과 아들의 모습이 비쳤다. 우두커니 선 아들과 아빠는 너무도 닮아 있었다. 부모와 자식 사이는 피가 아니라 서로를 위한 마음으로 이어진다는 사실을 절실히 깨닫게 만드는 모습으로.

23

"내가 진짜 걱정돼서 그래, 걱정돼서. 애기 동자가 요상한 꿈을 꿨다니까?"

"무슨 꿈을 꿨다는데요?"

아침 일찍부터 요란을 떨며 편의점을 찾은 부녀회장 최 씨의 말에 균의 엄마가 무뚝뚝하게 물었다.

"글쎄, 하늘은 시꺼먼데 무슨 일인지 땅엔 사방이 붉은빛으로 너울을 치더래. 판타지아 아래로 싹 다 불바다가 됐다잖아. 자기도 알지? 애기 동자가 돈은 좀 밝혀도 기가 막히게 용하긴 하잖아. 근데 하필 딱 이럴 때 가을이 엄마가 상가 사람들 싹 불러 모아 놓고 애들 판타지아 들어가게 해 달라고 그런 거라니까. 이거 막아야 돼. 진짜 무슨 사달이 날지 모른다니까. 어제 자기 보니까 가을 엄마한테 막 화내고 하더만. 나도 도울 테니까 무슨 일이 있어도 애들 판타지아에 못 들어가게 막아야 돼.”

예전 같았으면 얼굴을 찌푸리고 화를 냈을 균의 엄마는 어쩐 일인지 작은 한숨을 내쉴 뿐이었다. 살려 달라던, 너무 힘들다던 아들의 말을 들었으니까. 아들의 고백은 엄마를 변하게 만들기에 충분했다.

“가을이가 혼자 가겠어? 이 집 아들 분명 데려간다니까. 애기 동자 말이…….”

“우리 애들한테 관심 좀 끄라고 하세요.”

“뭐, 뭐?”

어느새인가 균의 엄마는 '우리 애들'이라는 표현을 쓰고 있었다. 우리 아들이나, 우리 균이가 아니라.

“기어코 불바다를 만들 생각이야? 내가 정말 이 말까진 안 하려고 했는데.”

“또 뭐요?”

“아유, 너무 놀라지 말고 들어. 연탄구이집에서 어제 이상한 사람을 봤대.”

“이상한 사람이요?”

“모자를 푹 눌러쓰고 있어서 얼굴을 정확히는 못 봤다는데 아무리 생각해도 낯이 익은 게 영 꺼림칙하더라는 거야."

"뭐가요?"

부녀회장 최 씨가 잠시 뜸을 들이더니 편의점 안에 다른 사람은 없는지 살폈다. 그러고는 아주 작고 은밀한 목소리로 빠르게 말을 이었다.

"흐음. 영락없이 봄이 엄마 같더래."

최 씨의 말에 엄마의 손끝이 떨렸다. 10년 전 일이 마치 어제 일처럼 가깝게 느껴지면서, 가슴에 불안의 불길이 타오르기 시작했던 그날이 떠올랐다.

"잘못 봤겠죠. 그 인간이…… 무슨 염치로 여길, 이 동네를 왜 왔겠어요."

"아니면 다행인데, 그래도 혹시 모르지. 지 자식도 해친 놈들인데 무슨 생각을 하는지 어찌 알아. 그냥 와 봤는지, 뭔지. 인간도 아닌 것들인데 그 속을 어떻게 아냐고. 나는 진짜 찝찝해 죽겠어. 미친놈들이 작정하고 해코지라도 하면 누가 책임질 거야? 아무튼 자기도 아들 단속 잘해."

최 씨가 나가려고 문을 열자 편의점 입구의 종이 마치 경고를 보내듯 흔들렸다. 겨울바람에 몸서리치던 최 씨는 어깨를 움츠리고 팔짱을 끼며 고개를 갸우뚱거렸다.

"길길이 날뛸 줄 알았는데 왜 저런대. 어째 균이 엄마, 사람이 좀 변했어."

* * *

"우리가 도둑질을 한대, 사람을 때린대? 그냥 문 닫은 놀이동산에 들어가겠다는 건데 왜들 난리냐고."

불만스럽게 팔짱을 낀 유경이 입술을 샐쭉이며 말했다. 어른들이 판타지아 문을 모두 봉쇄했다는 말을 들어서였다. 가을은 애써 티를 내지 않으려 했지만 쓸쓸한 표정이었다.

"원칙적으로는 안 되는 게 맞지, 불법이잖아."

"야, 모균. 정신 차려. 누가 들어가면 안 되는 걸 몰라서 그래? 얘가 왜 분위기 파악을 안 해."

유경이 얼른 가을의 눈치를 살폈다. 균 역시 시무룩해진 가을을 보았지만 판단이 바로 서지 않았다. CCTV는 늘었고 문은 잠겼다. 원래도 들어가면 안 되는 일이었지만, 이제는 들어가고 싶어도 갈 수 없는 상황이었다.

"못…… 가는 거지?"

가을의 목소리에 힘이 없었다. 실망한 얼굴로 묻는 가을을 보며 유경의 마음도 편치 않았다.

"가을아. 판타지아 가는 게 중요한 건 아니야. 진짜 중요한 건 우리가 같이 있다는 거고, 어? 사실 가면 안 되는 게 맞긴 해. 우리처럼 다들 사정이 있다면서 문 닫은 놀이동산에 들락날락하면 문제가 생길 수도 있으니까."

사실 처음부터 유경은 판타지아에 들어갈 수 없으리라는 걸 알았다. 누구보다 옳고 그름을 따지는 아이였고, 이제 1년만 잘 버티면 졸업인데 굳이 문제를 일으키고 싶지도 않았다.

하지만.

"근데 판타지아 안에 들어가지 말랬지, 그 근처에 가는 건 괜찮잖아. 근처 좀 돌아다닌다고 문제 되는 것도 아니고. 안 그래?"

유경이 균에게 눈짓하며 동의를 구했다. 균은 유경이 무슨 생각을 하는 건지 알 수 없었지만 일단 고개를 끄덕였다.

"그렇긴 하지."

"우리 어릴 때도 판타지아 안에서 논 것보다 입구 쪽에서 논 게 더 많아. 기억나지? 입구에 있는 편의점에서 라면 사다가 거기 벤치에 앉아서 먹고."

판타지아는 야간 개장을 하지 않는 날에도 1년 365일 내내 밤 열두 시 전까지는 관람차에 불을 켜 두었다. 관광객은 물론이고 동네 사람들도 언제나 반짝이는 커다란 관람차를 올려다볼 수 있었다. 가을과 균, 유경의 어린 시절 밤은 관람차로 환히 빛났다.

"우리가 가면 봄이도 마중 나오겠지."

유경의 말에 가을과 균의 얼굴에도 옅은 미소가 번졌다. 웃을 수 있는 추억이 있다는 건 앞으로 이들의 긴 삶에서 큰 힘을 발휘할 터였다.

"우선 지금은 헤어지고 어두워지면 가자. 낮에는 사람들 눈도 있고. 우리 보면 근처도 못 가게 할지 모르니까."

애써 웃으며 고개를 끄덕이는 가을을 보며 균은 자신이 할 수 있는 게 없어 마음이 쓰렸다.

균은 집에서 엄마 아빠를 만난 후 가슴이 조여들었다. 돈독이 올랐다는 다른 사람들의 말처럼, 균 역시 엄마를 그렇게 바라보고 있었다. 악착같이 일만 하는 엄마, 매번 자신을 무시하고 숨통을 조여오던 엄마라고. 엄마가 친아빠라는 사람에게 폭력을 당했다는 걸 알았을 때, 균은 정말이지 하늘이 무너지는 것 같았다. 그렇게 울고 또 울었는데도 눈물이 참아지지 않아 애를 먹었다.

균에게 오늘 하루는 세상이 원망스럽던 그런 날이었다. 하지만 가을이 다가와 무슨 일이 있냐는 질문 한번 없이 가만히 어깨를 기대었을 때, 균은 자신이 가을을 얼마나 좋아하는지 알았다. 가을은 세상이 무너질 것만 같던 하루도 견딜 수 있게 해 주는 사람이고, 존재만으로도 나아갈 수 있게 해 주는 사람이었으니까.

그랬기에 편의점으로 돌아온 뒤에도 균은 내내 가을을 웃게 하기 위해 자신이 할 수 있는 게 뭘까 생각했다. 가을만 생각하느라 엄마가 몇 번이나 자신을 불렀는데도 알아차리지 못했다.

"균아. 얘기 좀 하자."

"왜."

"너도…… 힘들었니?"

엄마의 물음에 균은 어쩐지 심장이 쿵, 내려앉는 듯했다. 엄마가 아무리 소리 지르고 화를 내도 아무렇지도 않던 균이었는데, 엄마의 나지막한 말 한마디에 덜컥 몸이 굳어 버리는 것 같았다.

"그때. 봄이 그렇게 됐을 때 너도 무서웠어?"

엄마는 고작 아홉 살이던 아들에게 삶은 고된 거라고, 견디라고 말했던 자신이 원망스러웠다.

10년 전, 균이 무서워서 잠들지 못한다는 걸 알고 있었다. 그런데도 엄마는 그 작은 아이에게 방문을 열어 주지 않았다. 하루하루 지날수록 아이는 더 자랄 테고 언제까지 아이를 품에 안고 살 수는 없는 노릇이라고 핑계를 대면서.

"균아. 엄마가…… 미안해."

사과는 이기적인 행동이었다. 용서할 준비가 되어 있지 않은 사람도 사과를 받으면 꼭 용서해야 할 것만 같아지니까. 하지만 이기적일지언정 엄마는 아들이 자신의 사과를 진정으로 받아 줄 때까지 하고 또 할 생각이었다. 그거면 됐다. 아이는 언제나 부모를 용서하곤 하니까.

균은 목이 메고 코끝이 빨개지는 걸 느꼈다. 미안하다는 엄마의 말에 괜찮다고 말을 할까, 새삼스럽게 무슨 말이냐고 해 볼까. 처음 받아 보는 사과에 어떻게 대꾸해야 할지 몰라 망설이다, 균은 그저 마음이 가는 대로 답하기로 했다.

"……응."

24

깊은 어둠이 사방을 무겁게 짓눌렀다. 바람이 휘휘 불었고 불 꺼진 상가 사이로 세 사람이 서둘러 몸을 움직였다. 판타지아로 가는 길을 일부러 빙빙 돌아 큰길이 아닌 골목길로만 가고 있었다. 균은 이게 지금 뭐 하는 짓인가 싶었다.

"조용히 해."

유경이 속삭이자 가을은 고개를 끄덕이며 은밀하게 움직였다. 무슨 이야기가 오갔는지, 셋 다 검은색 옷을 입고 검정 모자를 쓰고 있었다.

"안 걸리면 아무도 몰라. 최대한 조용히 다녀오면 돼."

"이러려고 어두워져서 오자고 했냐?"

"균아. 어차피 인생은 실전이야. 모 아니면 도지. 안 그래, 가을아?"

"응. 모균. 너는 쫄리면 빠져."

판타지아 입구까지만 가자고 했지만 사실 유경에게는 다 계획이 있었다.

"너, 가을이 찾으러 갔을 때, 앞이 하나도 안 보였다며. 그럼 CCTV에 우리가 보이겠어, 안 보이겠어? 설사 좀 보인다고 해도 우리 아니라고 하면 그만이야. 마스크 없냐? 마스크 써."

1년 뒤면 스무 살이라 해도 아직은 생각할 수 있는 게 고작 들키지 않으리라는 기대감으로 일을 치는 것이었다. 혹시 모를 뒷일 따위는 생각하지 않기로 했다.

"갈 거면 당당하게 가. 우리 뭐 훔치러 가냐? 바이킹 떼 올 거야?"

균의 투덜거림에도 가을과 유경은 꿈쩍하지 않았다. 오히려 이 은밀한 과정을 조금씩 즐기고 있는 눈치였다. 가을과 유경이 눈빛을 주고받으며 꼭 들어가고야 말겠다는 의지를 다잡을 때 균은 웃음이 나오려는 걸 간신히 참아야 했다. 정말로 어린 시절로 돌아간 것 같았다. 균은 친구들과 무모한 짓을 벌이면서도 살아 있는 것 같다는 생각을 했다. 이상하게도 생기가 돌았다.

아이들은 자라며 언제나 두 가지 선택을 한다. 좌절하며 포기하거나 이를 악물고 어떻게든 나아가거나.

대단한 작전이나 되는 것처럼 CCTV를 피해 판타지아에 도착한 셋은, 당황한 채로 입구에 우두커니 서 있어야 했다.

"뭐야 이게."

"그러니까. 문…… 잠겼다고 하지 않았어?"

'CCTV 촬영 중, 출입 금지'라고 쓰여 있던 현수막은 어디로 갔는지 보이지 않았고, 쇠사슬로 감아 놨다던 문은 활짝 열려 있었다. 아이들은 이게 무슨 영문인지 몰라 눈을 깜빡이며 서로를 바라보았다.

"이건 뭐, 들어오라는 거야 말라는 거야."

"들어가라고 하는 것 같은데?"

가을은 판타지아에서 봄을 만난 날처럼, 혹시 봄이 문을 열어 준 게 아닐까 생각했다.

하지만 사실은 그런 것이 아니었다. 현수막이 걷히고 쇠사슬이 풀린 데에는 아이들은 짐작도 하지 못할 어른들의 일이 있었다. 드러나기 전에는 결코 알지 못할 어른들의 세계가.

"염치없는 줄 압니다. 이런 부탁드려서 너무 죄송하고요. 책임은 다 저희가 지겠습니다. 사장님께 뭐 해 달라고 하는 게 아닙니다. 그냥, 애들 딱 하루만 판타지아에 들어갔다 올 수 있게 한 번만 눈감아 주세요."

아빠라는 이름을 가진 이들이 움직였다. 가을과 유경, 그리고 균의 아빠는 상가를 일일이 돌아다니며 머리를 조아렸다.

"거 참, 왜들 이래. 애들 들여보낸다고 뭐가 달라져? 위험하기만 하지. 거기 들어가 봐야 뭐가 있어? 껌껌한데 뭔 일이라도 나면 어쩌려고."

"사장님, 아니 형님. 우리 애들 위험한 행동 안 할 겁니다. 10년 전에 그 조그만 애가 집에서 죽었는데, 혀나 몇 번 차고 말았어요. 먹고살기 바쁘다고, 우리 애 일 아니라고 너무 쉽게 잊었나 봅니다. 그 아이한테도 너무 미안하고, 크는 동안 제대로 울지도 못하고 아팠을 애들한테도 미안합니다. 제가 못난 아빠라서 그래요. 우리가 너무 오래 외면했어요. 우리 애들…… 딱 하루만 거기서 친구 보내고 오게 해 주세요. 부탁드립니다."

자식을 향한 부모의 마음은 누군가의 마음에 아주 작은 바람을 일으켰다. 바람은 물결을 일으키고 물결은 조금씩 커지더니 이윽고 파도를 만들어 냈다. 사람들의 가슴속에서 무어라 칭할 수 없는 이상한 감정이 울컥울컥 새어 나오고 있었다.

아이들을 유난히 아꼈던 리어카 할머니는, 다 큰 애들을 너무 애처럼 대하는 거 아니냐는 말에 목소리를 높였다.

"어른이 어른답지 못한 게 문제지, 애가 애처럼 구는 게 뭐가 그리 문제라고! 부끄러운 줄 알아야지. 다들 태어날 때부터 어른이고 태어날 때부터 잘났지? 세상에 어른으로 태어나는 사람은 아무도 없어. 왜 자꾸 그걸 잊나 몰라."

작은 아이가 죽었을 때에도, 판타지아가 문을 닫았을 때에도, 동네가 망할지도 모른다고 걱정하면서도 아무것도 하지 않던 어른들의 가슴속에 무언가가 조금씩 꿈틀거렸다.

"니미. 사람 열받게 만드네."

그런 마음이 하나둘씩 모여 일을 치고야 말았다.

"그냥 다녀오라고 해. 판타지아에 뭐 금 발라 놨어? 애들 한 번 다녀온다고 어디가 썩냐고. 가라고 해. 안 가면 애들이고 부모고 가슴에 평생 한으로 썩어 문드러질 건데. 판타지아 사장한테 말은 무슨! 전화도 안 받는 사장한테 무슨 수로 연락을 해? 열쇠 다 나한테 있어. 내가 책임진다고 해."

누가 책임을 지냐며 회피하기 급급하던 사람들 사이에서 하나둘, 책임지겠다는 이가 나오기 시작했다.

그렇다면, 어른들은 왜 그런 말을 했을까. 어째서 밝게 웃던 아이가 사라졌는데도 아이들에게 잊으라고 했을까. 아무것도 끝나지 않았는데 어째서 모든 게 끝났다고 거짓말을 했을까. 그들이 악독하고 무지해서였을까. 마음이 빈약하고 생각이 허술해서였을까. 제 아이만 지키고자 하는 이기심 때문이었을까.

아니다. 그 어떤 것도 사실이 아니다.

아이들은 모르는 어른들의 세계가 있다. 대단하고 엄청난 세계가 아니라, 은밀하고 비밀스러운 세계가 아니라 그저 아이들은 몰랐으면 하는 마음, 오로지 그 마음 하나로 만들어 낸 세계다. 아이들이 고통받지 않길 바라는 마음이고 아이들을 지켜 주고자 하는 마음이다. 모르게 함으로써 아프지 않기를 바라는, 거짓말로라도 아이들의 유년이 어둡지 않기를 바라는 마음이었다.

"이, 이게 뭐야 다?"

열려 있는 입구 앞에서 망설이던 아이들의 눈이 휘둥그레지기 시작한 건, 시꺼먼 어둠 속에서 하나둘 불이 켜지면서였다. 더는 차가 들어오지 않는 거대한 주차장에서부터, 더는 누구도 걷지 않는 산책로와 더는 어떤 소리도 들려오지 않는 오래된 놀이동산에 환한 빛이 비추기 시작했다. 덩그러니 서 있던 아이들의 눈에도 눈부신 빛이 들이닥쳤다. 아무도 찾지 않아 텅 비어 버린 상가에 하나둘 불이 켜지기 시작한 것이었다.

"뭐야, 진짜."

"나 좀 무서울라 그러는데."

"갑자기 저기 불이 왜 켜져? 상가 다시 문 연대?"

질문은 있었지만 대답은 없었다. 어째서 문 닫은 상가들에 불이 켜지는 건지, 그 불빛에 어떤 마음이 새겨져 있는지 알 수 없었으니까.

누군가를 향한 마음이 진심일 때, 마음은 마음으로 전달되었다. 한번 번진 마음은 다른 이의 마음으로 퍼져 이윽고 세상을 조금씩 바꾸었다.

"형님은 정말 몰랐어? 아, 10년 전에 봄이 그렇게 된 거. 아유, 난 알았던 듯싶기도 해. 봄이가 삐쩍 말랐었잖아. 어디 피죽도 못 얻어먹은 애처럼. 난 입이 짧나 했어. 엄마 아빠 멀쩡히 있는데 애가 밥을 못 먹을 리가 없으니까. 내 딴에는, 걱정된다고 그 집 아빠한테 애 밥 좀 잘 챙기라고 한마디 했지. 그랬더니 며칠 안 보이데. 이상하다 싶으면서도 에이, 설마하니 부모가 자기 애한테 그러겠나 싶었지. 그때 모른 척했던 게 여태 마음에 걸리는 거야."

"그러니까. 그 쬐그만 애들 마음은 어땠겠어. 끽해야 열 살도 안 된 애들이 친구 죽고 마음이 오죽 상했겠냐고. 그걸 몰라주고 그저…… 그저 내 살기 바쁘다고. 걔들이 봄이 보내 주겠다고 판타지아에 들어가고 싶어 한다는 말을 듣는데 여기, 여기 가슴이 찌리리한 게 얼마나 짠하던지."

"아유, 나는 몰라. 머리 아프게 생각이고 나발이고 할 것도 없어. 내가 애들 판타지아 들어가라고 도시락을 싸 줄 거야, 뭘 할 거야. 이번에 전기는 괜찮은가 볼 겸 조명이나 한번 켜보려고. 껌껌한데 애들끼리 판타지아 가는 길이 얼마나 무섭겠어. 그쪽 길 죄다 문 닫아서 아무것도 없는데. 혹시 알아? 불 켜 놓으면 쬐금이라도 덜 무서울지."

그런 시작이 있었다. 10년 전 일을 가슴에 묻어 두기만 하던 누군가가, 먹고사느라 바쁘다는 핑계로 잊고 지냈던 일이 마음에 걸린다며 불을 켜겠다고 했을 때 무당집을 오가며 종종대던 부녀회장 최 씨가 소원했던 이들에게 전화를 걸기 시작했다.

"아이 그러니까요. 딱 하루예요. 하루도 아니야. 몇 시간, 응 딱 몇 시간. 그때만 가게 불 좀 켜 주세요. 간판 불만이라도. 나오기 힘드시면 제가 켤게요. 아유, 겨울이잖아요. 봄만 돼도 안 그래요. 겨울에는 해가 빨리 지니까."

도대체 왜 그렇게까지 하느냐는 가게 주인들의 말에 최 씨는 짐짓 퉁명스러운 목소리로 답했다.

"애들이 큰다잖아요. 계속 애인 줄 알았는데, 애들이 자꾸 커요. 다 큰 애들 앞에서 이제 와 부끄러우니 어째요. 불이라도 환하게 켜 놓고 있어야지. 그래야 두 발 뻗고 잠이라도 자죠."

마음을 돌린 사람들이 자물쇠를 풀었고, 부끄러움을 느낀 이들이 깜깜한 거리에 불을 밝히기 시작했다. 시꺼멓게 곰팡이가 슨 것 같던 길이 삽시간에 환해졌다. 그 빛이 어찌나 눈부신지 꼭 커다란 불길이 일렁이는 것처럼 보였다. 사거리 집 안에서 창문을 닫던 애기 동자가 환한 거리를 멍한 눈으로 바라보았다.

"그 불이 저 불이었네. 사람 일이었어. 귀신이 아니라, 사람

일."

 기념품점, 아이스크림 가게, 카페와 국숫집, 돈가스집과 노래방까지. 도미노처럼 번지기 시작한 불은 하얗고 노란 빛으로 물들었다. 그 모습을 길목 위, 가장 높이 있는 판타지아에서 가을과 유경 그리고 균이 휘둥그레진 눈으로 바라보고 있었다.

 "진짜 들어가도 되나? 아무리 생각해도 가는 방향이 이쪽이 아니라 저쪽이어야 할 것 같지 않아?"

 유경이 친구들의 눈치를 보며 불 켜진 상가들을 가리켰을 때, 가을은 뒤돌아 어두운 판타지아 안을 바라보았다. 봄이도 이 빛을 보고 있을까. 이제 안 무서울까.

 "가 보자."

 "응."

 셋은 나란히 발을 맞추었다. 바람이 휘이잉 불어오고 잎을 떨군 나뭇가지가 요상한 소리를 내며 흔들렸다. 녹슨 철문이 끼익 끼익 경고를 보내는 듯한 소리를 뒤로하고, 아이들은 어두운 놀이동산을 향해 걸어갔다.

 어둠에 갇혀 말하지 못했던 어린 시절을 향해 천천히 걸어가면서, 셋은 더 이상 무섭지 않다는 사실을 깨달았다. 걸어가는 이의 뒤가 환하게 빛난다면 제아무리 어두운 장소도 무섭지 않은 법이니까.

 "우리 수능 끝나고 내년에 또 오자."

"이 난리를 치고 또 오자고? 내 인생에 일탈은 한 번으로 족해."

유경은 진저리 치며 고개를 저었고 균은 가을을 보며 슬쩍 미소를 지었다. 가을은 어쩐지 신이 난 얼굴이었다.

"그때는 케이크 하나 사서 오자. 스무 살 된 기념으로 파티 할래? 봄이랑 다 같이."

누구도 답하지 않았지만 가을은 가슴이 벅찰 만큼 가득 찬 대답을 들은 것 같았다. 자라지 못해 여전히 어린 친구도 내년에는 이들로 인해 어른이 될지도 몰랐다.

가을은, 자신이 없던 어느 밤에 어린 봄이 세상을 떠났다고 생각했다. 그건 자신이 곁에 있어 줬더라면 봄에게 기회가 있었을지도 모른다는 죄책감이었으며, 친구를 떠나보내고 마음껏 울지 못한 그리움이었다. 밤은 어두워 아픔을 숨기기 쉽고, 애쓰지 않으면 아픔은 어둠에 쉬이 가려지기 마련이니까.

하지만 모두가 함께한 밤에는, 그런 밤이 계속될 때에는, 아픔을 가진 아이도 끝내 자라고야 말 터였다. 아무리 매서운 겨울이라도 반드시 봄은 찾아오고야 말 테니까.

작가의 말

이번 책은 꽤 오래전부터 마음에 품고 있던 이야기다. 언젠가는 마음에서 풀어놓아야 하는 이야기라는 걸 누구보다 잘 알고 있었음에도 10년이란 세월을 가슴에 품고 있기만 했던 건 마음이 아파서였고, 슬퍼서였다. 그래서 지금은 괜찮냐고 묻는다면, 마침내 이야기를 세상 밖에 내놓으면서 후련하냐고 묻는다면, 나는 조용히 고개를 저을 것이다. 글을 쓰는 내내 마음이 아렸다고. 지금도 여전히 그렇다고.

10년 전 어느 날에 나는 가을이를 만났다. 중학생이던 아이는 덤덤한 표정으로 믿을 수 없는 말을 꺼냈다. 친구를 잃었다는 말을 그리도 무심히 할 수 있는 건지 알 수 없어, 아이의 눈을 가만히 바라봤던 것 같기도 하다. 어쩌면 거짓말을 하는 게 아닐까, 그런 생각을 하면서.

　사실은 괜찮아서가 아니라 눈물을 참기 위해 무심한 척 덤덤한 척 굴었다는 걸 깨닫기까지는 그리 오래 걸리지 않았다. 한 번도 괜찮았던 적이 없다고 말하는 목소리를, 빨갛게 충혈된 눈동자를 어떻게 잊을 수 있을까. 그 작은 아이가 괜찮은 척 구느라 얼마나 힘들었을지, 얼마나 버거웠을지 말하지 않아도 감히 짐작할 수 있을 것 같았다. 그날 나는 가슴속 깊이 아이의 목소리를 새겨 넣으며 자라나는 이들의 세계를 떠올렸다.

　어른들은 기억하지 못하는 아이들의 세계가 있다. 어른들이 거짓말을 한다는 걸 알면서도 입을 꾹 다물고 속은 척해 주는 세계. 악몽이 두려워 잠을 설치면서도, 괜찮지 않음에도 스스로를 다독이며, 당장이라도 터질 것 같은 울음을 애써 삼키면서 기어이 자라나는 세계다.

　그런 아이들이 자라서, 어린 시절을 잊은 어른이 되는지도 모르겠다. 어른들은 늘 잊는 연습만 했기에 아이였던 시절도 잊는 모양이다. 그래서 아이에게 어른스럽게 굴라고 다그치고, 아직도 어린아이에게 언제까지 애처럼 굴 거냐며 화를 내는지도.

　그렇게 어떤 세계는 바보같이 반복되기도 한다. 서로를 위한 마음이 엇갈려 서로에게 상처를 주면서, 진짜 마음은 들여다보지 못한 채로 말이다.

가을과 유경, 그리고 균의 이야기는 가슴속에 가여운 아이를 품고 살아가는 이들의 이야기다. 차마 자라지 못한 아이들이 끝내 자라길 바라는 마음으로 글을 썼다.

　글을 쓰는 내내 깨달은 한 가지는 염려하는 눈짓 한 번에, 걱정하는 마음 한 조각에 헤아릴 수 없이 많은 사람이 살았으리라는 사실이었다. 위태로운 누군가의 발걸음을 함께해 준 이들이 무너져 내리기 직전인 삶을 받치고 있었는지도 모르겠다. 진즉에 무너지고도 남았을 삶이 아직 무너지지 않고 버티고 있는 건 그저, 그 마음 때문인지도. 그랬기에 꼭 전해야 했다. 혹여 너무 늦은 게 아닐까 염려되었지만 다행히 나와 당신에게는 아직 기회가 남아 있다. 그리고 당신이라면 반드시 기회를 붙잡을 거라는 사실을 나는 믿어 의심치 않는다.

　한때는 어린이였던 이들과, 가슴에 품은 상처로 인해 아직 어른이 되지 못한 이들이 더는 아프지 않기를, 부디 힘차게 나아가기를. 온 마음을 다해 응원을 보낸다.

2025년 어느 여름날
이꽃님